周梦蝶㊣诗全集

周梦蝶 著
曾进丰 编

下

人民文学出版社

世纪之交时的周梦蝶
（尔雅出版社 供图）

2000年某日,周梦蝶在大雨中寻找其《约会》中所写的那个曾"与我促膝密谈的桥墩"。
(曾进丰 供图)

约 2002 年,周梦蝶在曾进丰教授为其提供的新店寓所。居住环境得以改善、生活趋于稳定的诗人,将此处谓之"浪漫贵族"。
(曾进丰 供图)

由于周梦蝶在明星咖啡馆的骑楼下摆书摊 21 年，使得这家咖啡馆成了台湾文学的传奇地标。图为 2004 年 7 月 4 日，周梦蝶参加明星咖啡馆重新营业的开幕茶会。

（陈文发 摄）

2008年4月23日,周梦蝶与曹介直(左一)、向明(左二)、曾进丰(右一)在台北明星咖啡馆。
(曾进丰 供图)

2010年4月20日,周梦蝶坐在阳明山的石椅上凝视毛毛虫。
(曾进丰 供图)

2010年6月8日,周梦蝶和他的研究者——台湾高雄师范大学教授曾进丰在淡水。
（曾进丰 供图）

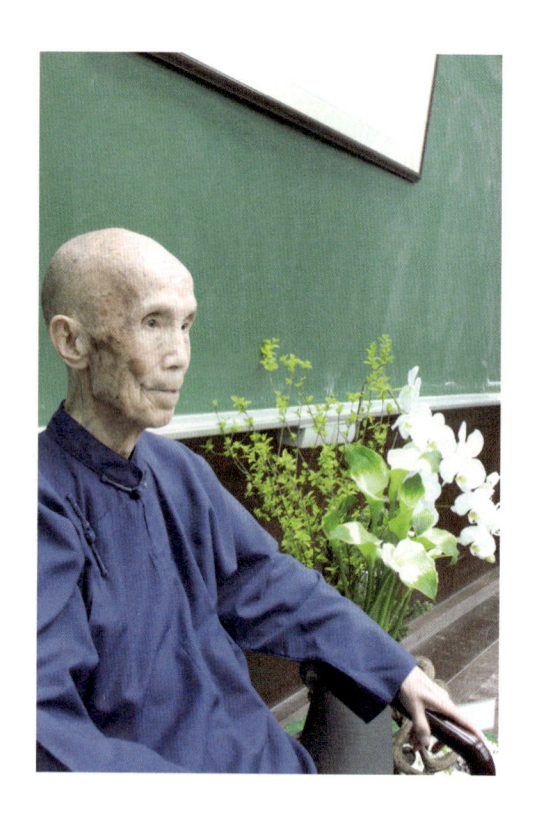

2013年3月24日，周梦蝶在台湾大学文学院"周梦蝶手稿暨创作文物展"现场。
（曾进丰 供图）

2013年12月11日,周梦蝶与痖弦在新店"浪漫贵族"寓所。
(叶国威 摄)

周梦蝶几位老友定期与他聚会。坐者左起：曾进丰、张拓芜、向明、周梦蝶、曹介直、杨昌年；后排左起：穆云凤（向明夫人）、阿蝶（周公看护）、邱照兰（曹介直夫人）、赵仪倩（杨昌年夫人）、陈淑美。2012年摄于台北。
（向明 供图）

纪录片《他们在岛屿写作：化城再来人》剧照

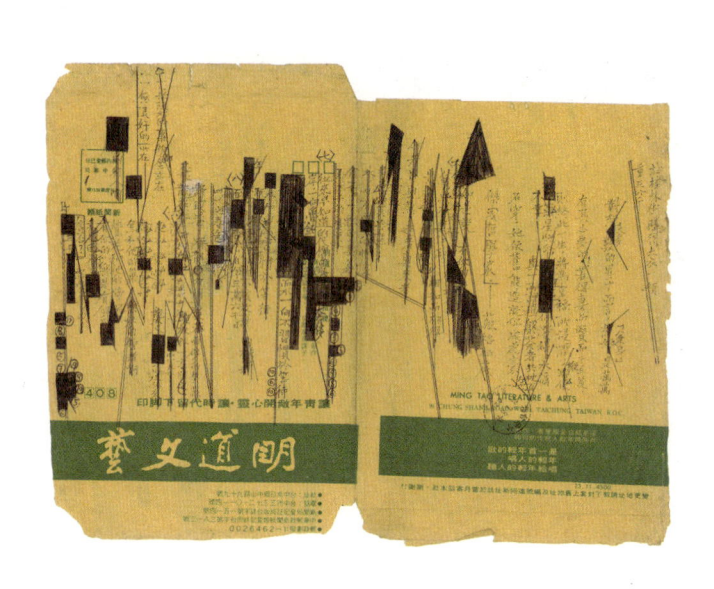

《于桂林街购得大衣一领重五公斤》手稿

《听月图》手稿

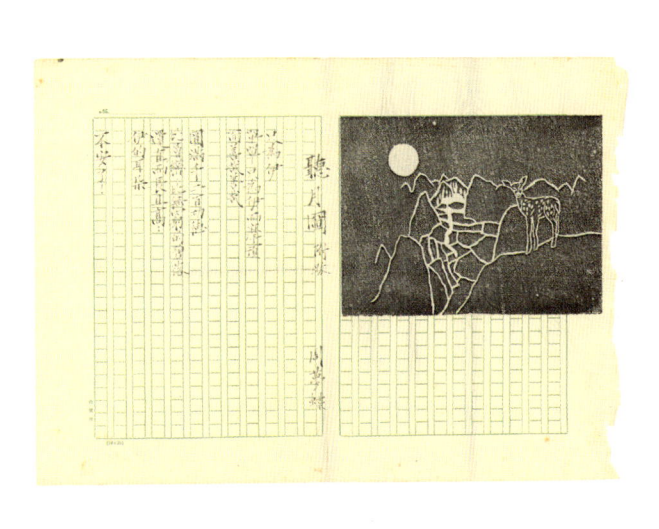

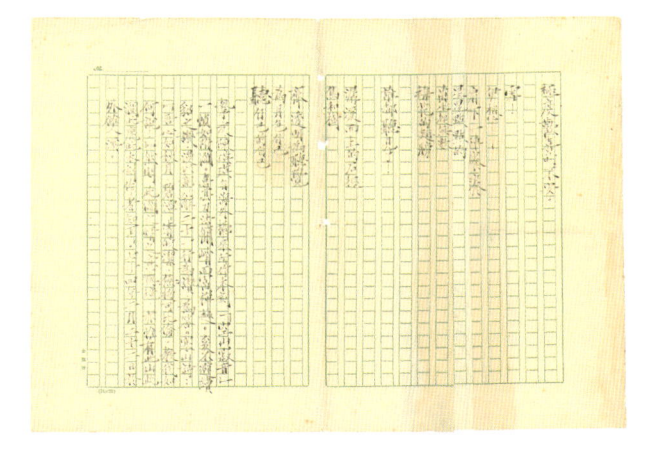

綺麗這仙island——

以詩為菌頭
從此在此彼處成一時景
轉到會成一片迷茫
燃燒過卻明朗的遠方
是祖朱的日子
一粒松子都柴止萬像中

高山流水欲開曲在龍吟裡
明日
我將帶來之明日
不交半的明日

牡丹詩
你牡丹啊同來聯開的詩句
去啊，把鮮花送給他一盆
到詩
約會的地點

七十九年八月水淡水

約會

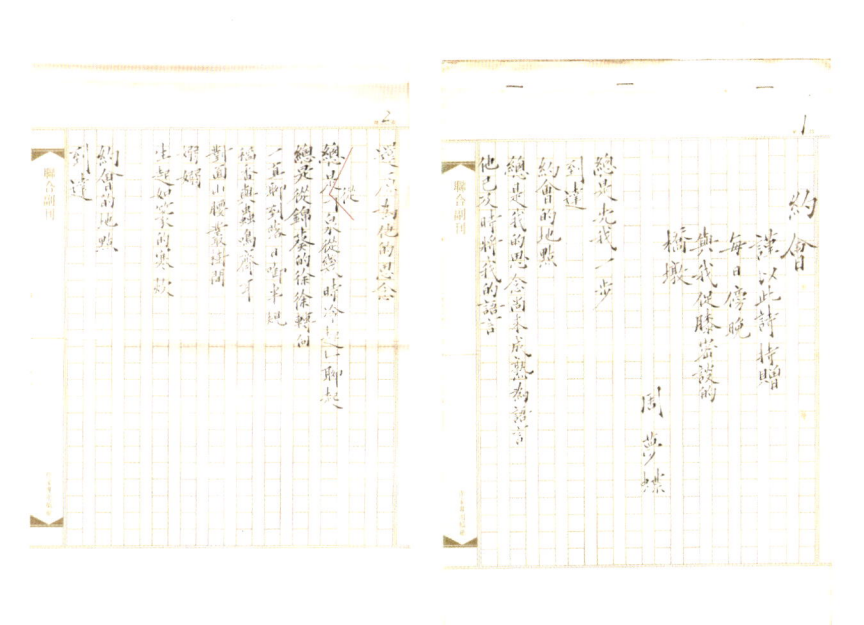

謹以此詩持贈
每日傍晚
約會的地點
與我膝蓋廝殺的
橋墩

周夢蝶

總共此我一步
到達
約會的地點
總是我的思念未成為語言
他已成為時代的語言

在遠方的他的思念
總是我忘懷了時冷然聊起
總是披錦袞的徐徐綻叫
一直到樓中半地
福音敬典鳥落下
對面山樓散詩周
塵娟
北与如紫的來歌
約會的地點
到達

周夢蝶《約會》手迹

6.

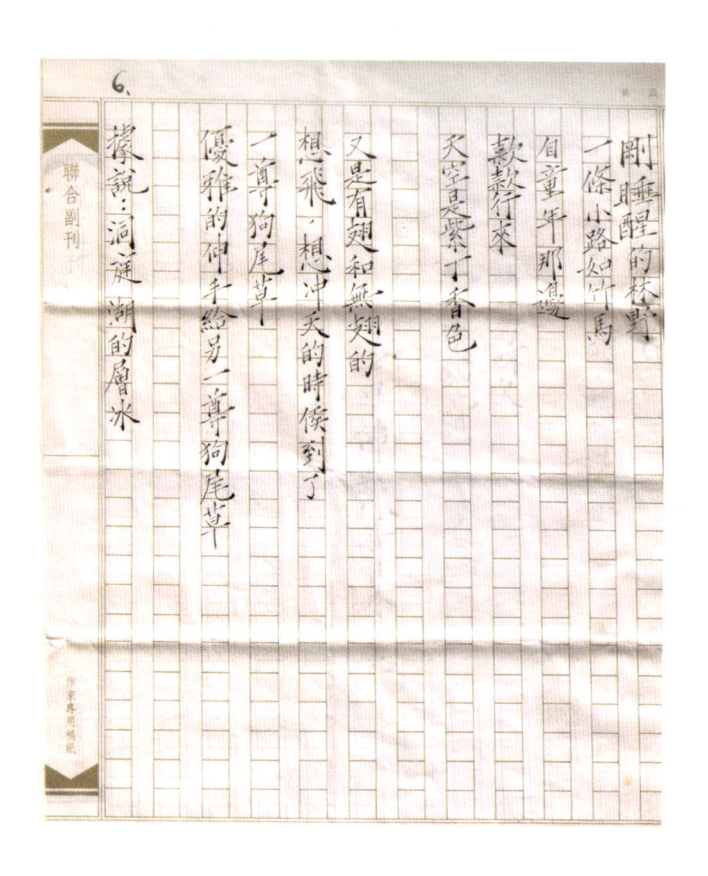

剛睡醒的原野,
一條小路如竹馬
有童年那邊
款款行來
天空是紫丁香色

又是有翅和無翅的
想飛,想沖天的時候到了
一尊狗尾草
優雅的伸手給另一尊狗尾草

攀說:洞庭湖的層冰

聯合副刊

《集句六帖》手稿(局部)

约

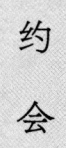

会

泉涸。鱼相与处于陆，相呴以湿，相濡以沫；不如相忘于江湖！

——庄子

辑一　陈庭诗卷

为耳公陈庭诗兄铁雕展作
即以其题为题

人之有德慧术知者，恒存乎疢疾。

——孟子

香赞

月轮依地轮而转,地轮依日轮

日依火,火依风

风依无所依

无所依依无无所依

无无所依依无无无所依……

将缺陷还诸天地;

山外有山,夕阳无限好无限;

不耳而听,如妙喜龙

以苍鬣一滴,以独角

亦能兴云布雨,嘘枯吹生。

附注:妙喜,龙王名,梵语难陀,为天竺甘露国守护,风雨以时;以不良于听,以角为耳。

诗与创造

上帝已经死了,尼采问:
取而代之的是谁?

"诗人!"
水仙花的鬼魂
王尔德忙不迭的接口说。

不知道谁是谁的哥弟?

上帝与诗人本一母同胞生:
一般的手眼,一般的光环;
看! 谁更巍峨更谦虚
谁乐于坐在谁的右边?

附白：周弃子生前曾盛赞耳公之诗，以为可与韩偓、龚定庵、诗僧曼殊上人相颉颃；惜为画名所掩，知之者少耳。

戊寅上元后三日于淡水

约翰走路

早该走了!
可以走而不走。那人
从荒野中来
以深重而幽长的呼唤
为烟岚,为羊牛
为迟迟的夜归人指路
不知其不可如中酒

以苦艾与酸枣之血酿成
不饮亦醉一滴一卮一瓢亦醉
不信? 世界乃一酒海
在海心。有几重的时空
就有几重酩酊的倒影

孔雀蓝的花雨满天

风乍起。是谁的舞腰如水蛇

在风中，被荒野的呼唤

浇醉复浇醒的风中

袅袅复袅袅。直到

袅低了天边月

袅直袅乱袅瞎了命运的眼睛

剑的眼睛

血！终不为不义流。

抛一个只有过来人才深知冷暖的浅笑

那人渐行渐远渐明灭如北斗

手里挟着自己的头颅

后序：国王希律，欲以其弟腓力之妻为妻。先知约
　　　翰苦谏。王怒而囚之幽室，绝其食饮。王有
　　　女曰雪萝，久仰约翰之名之仁之智之词采与
　　　风标，乃于深夜具酒脯，只身往视之。约翰

已先知之，惟倚壁瞑目坚坐，轻吐"公主自爱"四字而已。女抱恨负愧出，欲诉之于母，入之以罪，而苦于无辞。会希律六十寿庆，女乃着轻绡之衣，衔鸡舌之香，即席仙仙作天魔舞。王形神俱惑，以锦缎百疋，赤珠十斛酬之。女不受，曰："愿得罪人约翰之头而甘心焉。"王始而愕然，继而嘿然，环顾左右臣僚，皆面如寒灰，无敢议其非者。须臾，以金盘取约翰之头至，女失声号痛，匍匐而前，掬而狂吻焉。挚友许小鹤居士如是说。

公元廿一世纪愚人节前十日

凤凰

甚矣甚矣甚矣衰矣衰矣衰矣

枇杷与晚翠梧桐与早凋

宁悠悠与鸥鹭同波燕雀一枝

一任云月溪山笑我凡鸟

一九九九年五月二十一日

蚀

之一

一般的月亮

一般的中秋节。为甚么

挂在我家枣树上的:

独独

缺了那么一角?

据说月亮的肚子里

总有一只白兔蹲着;

而白兔生来缺唇。

我问阿雄:今夜你家枣树上的月亮

是否也缺唇,像白兔?

不不! 阿雄说他家没有枣树,
他家的院子和阳台上只有瓦钵
瓦钵里有露珠,露珠里有月影
而月影颗颗都是圆的!

之二
——兼有感于电影《绿光》最末一景

谁知? 谁知此刻我正与孤山
与寒烟衰草无言相对?

近了近了近了……
落日依依之红与西山垂垂之紫
有限与无限
从容与慷慨:

善哉善哉

要不要述偈，以有言印于无言
像"华枝春满，天心月圆"那种？

不。来不及，来不及了：
皓月已东上，星影摇摇
宿鸟飞，钟鸣，千岩出。

之三

以铁雕为侍妾。
应念而至，在仙人掌上：
红拂，绿珠
紫鹃，紫绡。乃至
许飞琼，步飞烟，耶律含烟……

更痴心妄想，便要遭天忌了！
花好，月圆，人寿：
几世修得？不信
你痛极时会哭

乐极时也会哭啊。

一九九八年九月一日

为全垒打喝采
——漫题耳公版画编号第八十四

好球!

(千山共一呼)

自大峡谷鸟飞不到的最深深处击出

谁能棒接? 君莫问

蒹葭之所在即溯洄之所在

自有玉貌玉衣人,双双复双双

挟天香,蹑月波而下

如木樨花落

众睡皆起。鱼群

为私语之星影所惊

齐说:今夜的天河

水声之冷

总算没有白冷

我来我睥睨我征服

止止！不须说：

老兵最难写的一撇是最后的一撇

壬申七夕之又次日于淡水

约会

未济八行

顺着风势牛郎
急急忙忙的向东走

逆着风势织女
忙忙急急的向西走

行行行行何处?
何处有群鹊飙下如断虹一抹?

天河一向清浅由于
天河一向不曾有谁涉足

壬申七夕于淡水

既济七十七行

  遥为将于十月莅台
  耳公陈庭诗兄之新妇
  张珮女史催妆

我们的银河

才只有七尺七寸宽

我们的织女和牛郎

已足足涉了三个多月

又三年

三年又三个多月的思慕

期待与奔赴，是否

与甜蜜成正比？

约 会

在寸阴贵于寸金千千倍的这年头

大家都各忙各各顾各

谁有如许闲情豪情与恻隐,乐于

拿自己的翅膀

作他人的桥梁? 纵然

打这上头走过的是织女

织女的白足

信否? 路是天下有心人

手牵手肩并肩

一步一步走过来的:

看! 我们的牛郎笑着

把草鞋与牛鼻裤顶在头上;

打一个十字结

用织女的香罗带

将织女的绣罗襦、紫玉钗

玉珮和玉梭,顶在

头上的头上。

一步一潋滟

一步一两心共喻的冷暖。向彼岸

彼岸的藕花深处

缓缓的荡开……

怪就怪在：我们的彼岸

明明就在我们的眼前

一举步即可跨越的

却老是老是差那么一点点

只有一步那么近

只有一步那么远的一点点

然而然而然而毕竟毕竟毕竟

路是有心人走过来的！

看！这似乎老是跨越不了的一步路

我们的织女和牛郎，终于

手牵手肩并肩的走过来了

在三年又三个多月之后

拂一拂满身的水珠

交换一个快意而掷地有声的凝视

这才蓦然发现：我们的

织女的玉珮，不知何时

滑失在银河中——

好在：玉梭还在玉钗还在

不幸中之幸

玉梭可以织锦玉钗可以结发

不幸中之大幸

打从地天犹未开辟时

我们的织女和牛郎

便各自在娘肚里，你侬我侬

指着未来的月面佛起誓：将彼此

打造成一双玉人

玉艳玉清玉玲珑玉温柔玉坚贞

合起来是一双人

拆开来依旧是一双人

初相见是农历七月七

花烛夜，灵魂儿飞上天的

洞房花烛夜

不早也不迟,居然

七月七也是。

天心? 地心? 人心?

因法? 缘法? 果法?

秋不老,叶不红;

韵不险,诗不峭。

雁字人人来时,

敢云人乞巧? 真巧欲乞人了!

明年七月七日会不会有小织女

或小牛郎,呱呱

破空自天而降?

听! 银河之水流着

为天下所有有心人而流着

向东。还记否?

东之时义曰春曰震曰喜

曰: 切切不可为第三者说

辑二 为晓女弟作

凡四题十首

词人者,不失其赤子之心者也。

——王静安

集句六帖

一

月亮是圆的
诗也是——

未识面已先倾心:
这无猜的两小
为甚么? 不让他们像猫狗一般
到积雪的丛草里打滚!

二

昨夜的月色

至少有一瓣是甜的——

一只小鸟才偷偷尝了一眼
便触电似的晕了过去
从此不再醒来

所有昨夜迟睡的老树都说：
这只小鸟是醉死甜死的！

可可！作为迟睡的老树之一
（如果诚实不是罪过）
我要说：这只小鸟是渴死瘦死的
看！那不瞑的双眼
信否？他一向住在石头的胃里

三

风有风的威势
花有花的能耐；

风能战而不能不战

花不能战而能不战——

不能不的鼓声比能不的

二者谁更雄浑而富于说服力?

不可一世的风,信否? 至少有一次

至少有一次,你为花所败!

四

从甚么地方来的,当然

仍甚么地方回去;

仁慈的乳母啊,还原我

还原我为一湖溶溶的月色吧!

五

月亮是圆的。

有时，只有半圆！

用半圆的月亮

为我的诗句押韵可好？

天空的一半没有颜色

小鸟的一半没有羽毛

用月亮的半圆

为我的诗句押韵可好？

六

刚睡醒的林野

一条小路如竹马

自童年那边

款款行来

天空是紫丁香色

又是有翅和无翅的

想飞,想冲天的时候到了

一尊狗尾草

优雅的伸手给另一尊狗尾草

据说:洞庭湖的层冰

六百里外的昨夜

已被小鱼儿吹破,咬碎

打一个鱼肚白的呵欠

早春的风袅袅猫背一般弓起

癸酉冬续二帖

之一

悲哀究竟有几层?
你能看透几层?

血在温柔的地层下
温柔的流着——
从不呼痛的血
冷热都由他人去说的血
恩怨折扇似的一开一合没有年龄
鸟巢里的鸟,从来
只守望着鸟;麦田里的麦子
只扶持着麦子

当蟋蟀呼啸着自九月的床下游出

乃恍然于你我共住在一条河里

之二

有人用耳

有人用眼；有人用

非想非非想

浪漫。而，我们的野百合用呼吸：

自石头记第六十六回逸出

惊定痛定之后

属于尤三姐的

梦与醒。欲说，苦于不知该说向谁

眼看着要走的

都远山远水的走了

眼看着要来的

都远山远水的来了

冷眉,赤足,空钵

这高高低低的孤寂与孤寂

沉吟着,由桥这头踱到那头

复由那头回向这头,说:

脚印低于地面,

桥下流的总是逝水!

一九九四年三月十六日

用某种眼神看冬天

用某种眼神看冬天

冬天，冬天的阳光

犹如一簇簇恶作剧的金线虫

在白雪的身上打洞

不呼痛，也从不说不的雪！

一个洞眼一个：

快意的，我把忧愁

譬如昨日死的忧愁

一个洞眼一个

一个洞眼一个的埋却

在某个吞声而不为人知的深夜

要来的,总是要来的!

用某种眼神看冬天

冬天,一切的一切都在放大,加倍——

日,一日长于一日,

夜,一夜暖于一夜,乃至

黑猫的黑瞳也愈旋愈黑愈圆愈亮

而将十方无边虚空照彻

所有的落叶都将回到树上,而

所有的树都是且永远是

我的手的分枝;

信否?冬天的脚印虽浅

而跫音不绝。如果

如果你用某种眼神看冬天

一九九四年五月十二日

三个有翅的和一个无翅的
——题画：戏代作

仿佛自有时间以来就一直蹲着在这儿

在一根细细瘦瘦的柳枝儿上

不即亦不离

小兄弟似的

蹲着三只鸟

一如走向我自己

我走向他

我已走向他了

而他却一些儿也无感于我的走向

只静定而若有所思的凝视着我

不同枝不同树不同林而同气

想必在他眼里我也是一只鸟了

圆颅而方趾，无翅

耽于自残和冥想

动物学里属猛禽类

      一九九四年二月一日于淡水

辑三　约会

薛荔愁中鬼，桃花劫外身。

——厉鹗

竹枕 附跋

隐隐若有我

从我眸中

越过你

飞向天外天的天末

冷冷然！若一往更不复往，

只将睡姿留在这里。

一步一涟漪：时光倒退着走向去年

去年夏天的某一个傍晚——

是谁？带领我的眸子

我的眸子带领我的脚步

我的脚步带领我

走向你：空心而直节

多生多劫前，冷暖过的另一回自己

不可待不可追不可祷甚至不可遇：

何来的水与月！

千水中的一水

千月中的一月

或然之必然，偶然之当然

不相知而相照：居然在掌上，在眉边。

从来不曾一而二二而三三而

无量无边的飞过；

而飞自今日始！

再拜竹枕你

再拜松田圣子你。知否？

是你，是你使我不修而脱胎换骨的！

横身已百千万偈

歇即菩提。谁道枯木未解说法？

客岁四月某日，偶于淡水"石饼"艺坊，以七折特优价（四九〇元）购得一竹枕；长尺半，阔六寸许，两端微翘如船，四角各镌有蝴蝶图案。据坊主人称：此枕乃寄售，其制作者为一日妇，与影歌双栖女星松田圣子同名。余自得此枕，耳存目想，朝钓天而夕华胥，自谓蒙庄化蝶之乐不是过。南师怀瑾夫子有句云："花竹幽窗午梦长，此中与世暂相忘；华山处士何须见，不觅仙方觅睡方。"字字清切，几疑为我咏也。

一九九二年壬申孟夏于淡水外竿寓楼

香颂
——书云女弟贺年卡《雪梅争春》小绘后

蝴蝶没有自己的生命；

所有的蝴蝶都是为

所有的花而活的！

为所有的花而活

为所有的花

所有的。虽然，美中之不足

只无端闲了梅与雪：

美中之不足

美中之不足

莫非造物特别偏爱不足？

为所有的花而活

君不见：所有的蝴蝶

生生世世修温柔法的蝴蝶

欸！乃不知有冬

更无论梅与雪

五瓣的红与六瓣的白

第几类的接触？

是谁？以无中生的手

将美中之不足，轻轻

点化为不足中之美

从此天巧不敢自言多于人巧

从此高处高平低处低平

六瓣的白与五瓣的红，袅袅

飙起一段侧翅而光可鉴人的天空

且无须上下，已自在

而一新了造物的耳目

而成为耳目

不可能的可能

造物者乃为物所造

不可能的可能。甚至

白与蓝与红久已心心相约：

我我永不凋谢，而你你

你你也永不飞去甚至永不飞来

风
——野塘事件

难以置信的意外

据说：你是用你的鱼尾纹

自缢而死的

乍明乍灭还出

一波一波又一波

绮縠似的，

啊！那环结

多少忧思怨乱所铸成

自乍起

而不能自已的风中

只一足之失

已此水非彼水了

依旧春草

依旧燕子、红蜻蜓

云影与天光——

你，昨日的少年

　　　昨日的

翩翩，临流照影的野塘

无边的夜连着无边的

比夜更夜的非夜

坐我的坐行我的行立我的立乃至

梦寐我的梦寐——

门，关了等于没关

应念而至：

烛影下，相对俨然

俨然！芥川龙之芥的旧识

鱼尾纹何罪？野塘何罪？这疑案
究竟该如何去了结？红蜻蜓想。
至于那风，燕子和春草都可以作证：
"他，只不过偶尔打这儿路过而已！"

冬之暝
——书莫内风景卡后
谢答赵桥

雪有温度的

屋子也有
树、草与路
也有

你说。这屋子
是高高低低的
　宽宽的肩膀
　厚厚的胸膛
砌的

约　会

这屋后的树丛
这丛树的枝桠
孪生兄弟的手臂似的
伸展着
低过来
向这边
袅袅有晚炊生起的这边

为近近远远的天涯而绿
草心
细而委曲
如发

隐隐约约有些情怯起来
——近了
路的脚步轻轻
目极处
本来无限低平的天
更其无限低平的了

一九八七年三月九日

弟弟呀
——十行二首拟童诗

之一

想哭的时候

弟弟呀！小黑菌的弟弟呀

你这柄小黑伞，指甲那么大的

真能为你遮雨？

雨下在头上；更多的时候

雨下在肚里。

下在头上的雨

弟弟呀！你有你的小黑伞；

下在肚里的雨

下在肚里的雨呢?

之二

入秋了!

识愁和不识愁的露珠，夜夜

在草叶尖上

端详自己。

——草叶不说话

只微微的倾斜——

只微微的倾斜，

不说话

也不断折。草叶呀

肩膀才只有一寸宽的弟弟呀!

一九九四年八月十六日

咏雀五帖

一

侧着脸

凝视

每天一大早挤公交车的朝阳

荡秋千似的

一只小麻雀

蹲在鸡冠花上

二

悄悄在娘肚里练就

此一身轻功

不为不平
或翩翩学少年
只为惜流光：
不忍此白日
此未及地的
粒粒香稻之虚弃
而越陌度阡
而飞檐走壁

三

越看越妩媚
与你，已守候多时的稻草人
在狭路处
一笑相逢
遂印成知己

（我们同是吃风雨长大的）

葵扇无可无不可的摇着；
不速而自至，甚至
沉思你的肩上
拉屎拉尿在你的头上脸上
无怒容，亦无喜色

（你说：风雨是吃我们长大的）

四

原来至深至善至美的乐音系于眼前此一
此一无谱的电丝之上——
在风风雨雨后
在我的立处
踵犹未旋
已响彻三十三天

静寂缘所有的无边萧萧而下

静寂对所有善听的耳朵说:

醉吧醉吧醉吧

(请勿拒绝你自己)

你能醉多少醉

就满你多少醉

拒饮? 多饮或少饮都由你不得

看! 草石虫鱼已分去静寂的十之一

稻草人自斟自酌了十之一

至于那一大块荒弃的十之八

静寂指着我垂垂的睫影说: 那是你的

那是你的, 小自在的天下

五

人之所以为人亦犹

雀之所以为雀

(总有倦飞的时候)

虽然，虽然子非雀

焉知雀

雀之所以为雀亦犹

人之所以为人

（总有倦行的时候）

虽然，虽然雀非子

焉知子

饱足睡足逍遥足

唯一的

也许可称之为缺憾的

欤，莫非就是这袅袅

诔辞似的

唯美而诗意的最后一笔？

连雪的模样甚至

连雪的名字都没听说过

更遑论雪的体温

更遑论以身殉?

——在梅树根

昏黄摇曳的月影下

拳拳

簇拥着自己

六瓣

一寒更不复寒一醉更不复醉的

另一个自己

入睡——

奢侈啊! 除非

除非你不甘的雀魂

自欲灭不灭的雀睫下窜出

一跃而跻身玉山或更高更高于玉山

不可能的极峰而一口吸尽

那芳烈,那不足为外人道的彻骨

一九九一年十一月十四日

重有感

之一

信否？有你的，总是有你的——

曾因羞愤而自杀的香魂
袅袅，自深井中逸出
再世又再世为人之后
天转路不转，芳名依旧金钏

果后果，因中因，缘外缘
如是如是如是
花雨中，世尊以微笑宣说

有你的，总是有你的！

不信？满园的秋色

一树的枣子

为甚么？只红了你一个

欸，只单单红了甜了消魂了

你一个

之二

一切

（昨佛今佛后佛一口如是说）

你是你的一切

——你是船

你是帆是桅是橹也是舵

　是乘船

也是造船人

海天与风涛，远梦与归期

彼岸到时

恻恻：恰是此岸

离恨初生

揽衣欲上时

之三

久久，或更久于久久以前

是谁？偶尔抛下这句

稗子似的誓言

今夜，在那人的指尖上

开花了

花红似血。汨汨的

夜以继日

不出声的流着

曾经射杀无数天下人的眸子的

亦曾为天下无数人的眸子所射杀

生生世世生生

那人的指尖

欸！生生世世生生

凤仙花的幽怨

之四

天把楼梯高高的举起来

楼梯把窗

窗把枕头

枕头把夜

夜把一鬖香梦沉酣的黑发

高高的举起来

直到高过了屋顶

连烟囱甚至连绝望

都飞不上去的

即事
——水田惊艳

只此小小

小小小小的一点白

遂满目烟波摇曳的绿

不复为绿所有了

绿不复为绿所有：

在水田的新雨后

若可及若不可及的高处

款款而飞

一只小蝴蝶

仿佛从无来处来

最初和最后的

皓兮若雪

最最奢侈的狩猎,也是

最最一无所有的狩猎吧!

风在下

浩浩淼淼的烟波在下

撒手即满手

仙乎仙乎! 这倒不是偶尔打这儿过路

翼尖不曾沾半滴雨珠的蝴蝶自己

始料之所及的

一九九一年八月七日

约会

谨以此诗持赠

每日傍晚

与我促膝密谈的

桥墩

总是先我一步

到达

约会的地点

总是我的思念尚未成熟为语言

他已及时将我的语言

还原为他的思念

总是从"泉从几时冷起"聊起

约 会

总是从锦葵的徐徐转向

一直聊到落日衔半规

稻香与虫鸣齐耳

对面山腰丛树间

袅袅

生起如篆的寒炊

约会的地点

到达

总是迟他一步——

以话尾为话头

或此答或彼答或一时答

转到会心不远处

竟浩然忘却眼前的这一切

是租来的：

一粒松子粗于十滴枫血！

高山流水欲闻此生能得几回？

明日

我将重来；明日

不及待的明日

我将拈着话头拈着我的未磨圆的诗句

重来。且飙愿：至少至少也要先他一步

到达

约会的地点

　　　　　　　　　　　一九九一年三月十七日

八行

黯然消魂者,唯别而已矣。

——江淹

谁画的秋池

谁画的? 这秋池上的荒烟

荒烟上的枯荷

枯荷上的冷雨:

绝似谁的一弦一柱

在坐立都不知如何是好的今夜

自无量劫前,一挥手

已惊痛到白发

四行 附跋

眼之上有眼，之上复有眼；
足之下有足，之下复有足——

路是倒退着一步一步走过来的！
一眼望不到边：荷叶上的泪点。

　　廿余年前于三峡近郊，乍见水牛背上有大白鹭鸶伫立，意态闲远，顾盼自若；而水牛惟默默俯首噬草，时而轻摇其尾，浑若不觉知者。莞尔之余，忽生痴想：此白鹭鸶此水牛得非文殊普贤二大士游戏人间，现身说法，以警世之有足无目，或有目无足者欤？吁，未可知也。

乙亥上元追记于淡水

淡水河侧的落日
——纪二月一日淡水之行并柬林翠华与杨景德

观音山仰卧在对岸淡水河的左侧

落日，婴儿似的

依依在观音膝下的右侧

由柘红而樱红而枣红酱红铁红灰红

落日的背影向西

终于，消魂为一抹

九死其未悔的

胭脂

纵欲说亦无人会

这垂灭的灯蕊的心事

一红更不复红

胭脂的背影

这紫血。连环绕在四周

恨不能以身殉的微云都确知且深信:

这紫血

决不可能再咯

第二口的

圆轨永远绕着圆走

明天。今天的落日

仍将巍巍升起

——在观音默默念自己的名字

念到第十二句的时刻——

虽然,虽然名字

名字换了

朝阳

我说:一切胚胎于

一切之所以为一切——

约　会

豌豆之所以圆

菱角之所以弯……

所有能说的

落日都　面面

拈提过了。

此刻，你说，你唯一的渴切与报答

是合十

与

瞑目

如是如是。曾经在这儿坐过的

这儿便成为永远——

淡水河永远

淡水河侧的落日永远

观音山永远

永远永远

病起二首（有序）

予以荒诞，不戒于风，端午节前夕，窗开四面，裸身而卧。次晨，乃大咳而特咳，伏枕三昼夜未下楼，强咽馒头一枚，饮姜开水二十余大杯，十日后，小瘥，勉以长短句代简，驰白蓉蒐、阿璞、阿敏、赖云根、苏敬静、严婵娟诸善友。

之一

终于，又藕断丝不断的醒了转来
在九九第八十一劫之后。

终于，又听到窗外石榴花开的声音
锦雀在对山不近不远处姑姑姑姑的叫着

他口里姑姑心里眼里是否也姑姑?

想及昨夜千不该万不该在梦中出现的那人

锦雀啊！莫非，你就是我的名字?

之二

无端若有青藤有白鸥悠悠飞起自肘后；虽然

肘，依旧是昨日似曾相识的肘。

于高阳台负手而立

面对一肩紫雾，万顷紫竹我自问：

活着是否等于病着?

欲分身为一株药树

历劫乃得，抑一念而苍翠如盖?

一九九四年十一月二十八日

细雪

寒冷是没有季节的!

—— Octavio Paz

窸窸窣窣切切低低切切
是你! 细雪的精魂
今夜,又出其不意的来叩访我了!

(今年的冬季好冷又好长啊)

先有地先有天,地天从何而来
你的左手和我的右手如何交握
(离地三寸三尺,忽坐忽行忽立
慑人的清光到眼如剑出于匣)

之类的话题。我最最怕听

偏你又最最爱说——

水与诗。信否？你说：

所有的水皆咸

所有的诗皆回文

且皆无题。而所有的树皆手

手皆六指，向六方

一伸出去，就再也缩不回来

永远走在脚印的前头

路。所有的路。为甚么？

都如此委曲，细瘦而又多歧

且生着双翼；

那倚山而造，以薜荔围绕的小木屋

为甚么老不长高？

明悟，大明悟；孤寂，大孤寂：

谁能透识它的真貌？

不信有你的,只是有你的?

不信冥冥琢就的一段奇

迟迟迟迟又迟迟的瓣香

只为空山独夜的你而开?

自立足处走出

自立足处,只要你能你肯你敢

自立足处走出——

看!好长的天。好长的

天外有山有云有树有鸟有巢,虽然也有

不足为外人道的风雨

总不能白白在自己的白里白死

(谁说白是热中之热色中之色?)

让已到海的到海,成灰的成灰吧!

鸡鸣后,你将惊见每一片草叶尖上

缀满颗颗珊瑚色的露珠如耳语,说:

昨夜我曾来过,且哭过了!

尚须更多更深重的"默许"？

飘然而去一如你飘然而来

当你以左手和我的右手交谈复交握：

今年的冬天好冷又好长啊！

细雪之二

不能忍受之轻之细之弱之冷之妍与巧

在我的枕上。夜夜

作回风舞

仙乎仙乎仙乎

几度我以手中之手眼中之眼

缱绻中之缱绻

仰攀复

仰攀

失声而堕

在我的句下

仄仄平平仄仄：伊已溅为六瓣

白桃之血

乙亥四月小满于淡水梦中作

细雪之三

> 美之为美,广大之为广大,皆胚胎于孤寂。
>
> ——Rainer Maria Rilke

是否有意比季节的脚步早半拍?
与寒冷同日生
你,细雪,老天的幺女
小于梅花十三岁的弱妹

永远坚持拒绝长大
十三岁。一生下来就十三岁
而今眼看十三个十万光年都过去了
你,依旧是十三岁

约　会

十分怀念没有名字的那一段日子

你说。你本来没有名字

雪这称呼是晋朝一位谢姓才女给叫响的

真不知该谢她还是怪她才好

你说你有洁癖，怕风

又怕热。你很不很不乐意人家把你

撒在空中，像盐；或者，拿你和柳絮

和无所事事混轻尘的柳絮

卷在一起非烟非雾的

未落地便已识得尺短寸长

无言贤于有言的游戏规则——

眉细眼细齿细腰细胃肠细

在屋顶在古塔尖在院子里

在窗外，有香梦沉酣鸟巢的窗外

抱影而舞，翩跹复翩跹

由一个自己到许多许多个自己

早已早已到了甚至过了这极限

该扬弃独身主义的极限

永远的十三岁,不识愁为何物的你

却一味的娇憨,一味的云淡天高山远水活,说

但得半个贴心的寒冷便一生一世了

而你而你早已早已有了

甚么样的蚕结甚么样的茧

吃甚么样的桑叶。毕竟

时间如环无端空间如环无端;毕竟

求未必得,不求未必不得——

知女莫如父的老天夜夜夜夜

自至深至静至甜至黑的井底笑出声来

七月四日
——梭罗湖滨散记二十年后重读二首之一

与美利坚合众国同日生：

我为我的小木屋命名为

七月四日。

自清凉如薄荷的草香里醒来

每天，我以湖水以鱼肚白洗耳洗眼

之后，蹑着林荫道微湿的落叶

归来。在第一线金阳下

曼侬的竖琴声中

吃我自焙的玉米饼。

友爱怎样奢侈的偏向着我啊！

冬季来时。雪花如掌
扑打着我孤峭而高的窗子。
巧有金光闪闪小飞侠似的黄蜂闯入
于四壁间凡所有处垒窝
且雍雍熙熙难兄难弟一般
与我共用一个火炉:
一袭褊袍一轮太阳。

受惊若宠。至少有一次:
天开了! 在某个琥珀色的傍晚
当我扶着锄头在荳畔间小憩——
一只紫燕和一只白鸽飞来
翩翩,分踞于我的双肩。

黑甜而无缝无边无底的夜!
众目皆瞑。只有荳荳
我的知恩的荳荳醒着
且思量着: 如何在我新锄过的
子宫一般香暖的地心深处深深处

经营惨淡而双倍丰美对我的报答；

而在一笑如旧相识的枕上，竟不期

而与仲尼与蘧伯玉与因陀罗与毗湿奴

以神遇。……

即使在黑得可以切成一大块一大块的深夜

我依旧能摹索着毫无失误的到家；

七月四日是我的小木屋的名字

虽然也是每一只飞鸟每一匹草叶的。

附注：曼侬（Memnon），远古石雕巨像，刀法精奇，日出则鸣，如笙簧并作。

又：因陀罗与毗湿奴皆波罗门教圣僧，以修苦行著称。

一九九六年十二月三十一日

仰望三十三行
又题：两个星期五和一只椅子

不信一室之内有两个星期五？

不信这只椅子

——一直孤悬于我的小木屋之一隅

举头七尺七寸的高处——

是我，以自己为样本

为你，单单只为你而编的？

你说你星期五下午来，

我从星期二一早就开始欢喜；

有两朵孪生的天人菊

开在我眼里。

门不启而自启。

隐约有花气氤氲如白木樨，袅袅

自我亲手为你而编的椅子上散出——

不信？那是星期五，我在听你

而你，星期五在说我呀！

隔着一层薄而透明的蓝玻璃。

语言浮华且最易孳生误解；

惨然一笑，你说：

语言如红杏，一不小心即将为窗外

长耳的松涛、乌鹊、凤尾草与象鼻虫所窃听

而无端引来南斗与北斗非想非非想的眼睛。

再多一分，便是下弦了！

但得三分五分七分满就好。

赤松鼠已睡醒了，

与梭鱼的机杼声相呼应

潜水鸟已长啸了第七响了。

少少许与多多许二者谁更窈窕？

但得七分五分三分满就好!

明天太阳会不会从星期五的足下升起?
孤悬于我小木屋之一隅的椅子
已自七尺七寸的高处取下
且拂拭了又拂拭再拂拭;
林荫道上的落叶是扫不完的!

一九九六年十二月十一日
梭罗湖滨散记重读二首之二

白云三愿 附小序及注

　　西藏拉萨地区……余友许以祺教授，曾亲莅其地摄影以归，并广征题咏。余不敏，勉缀数言，枯槁支离，聊以践诺，塞命而已。

自至亲至爱的人的手下，无端
穿入灰鹞或乌鸢的腹中
于是，本不知愁不知惊不知痛的我
遂一身而多身
且不翼而能飞了。

不知我生之初之初
曾几度为鸟为鸢？几度
鸟鸢为人，人复为鸟为鸢

如轮转风发?

如是果如是因如是缘:
然则,自受自作,亦无所用其怨与怒了!

天若有情,念力若不可思议
愿此鸟此鸢永不受身为鸟为鸢
我亦不复受身为我;
天若有情,念力若不可思议
愿昨死今死后死
亦不复闻天葬之名——
唵。悉答多步答腊。悉答多步答腊……

附注:

一 《南华经》:庄子将死,弟子欲厚葬之。庄子曰:吾以天地为棺椁,以日月为连璧,星辰为珠玑,万物为赍送:吾葬具岂不备耶?何以加此!弟子曰:吾恐乌鸢之食夫子也。庄子曰:在上为乌鸢食,在下为蝼蚁食,夺此与彼,何其偏也！

二　民初硕儒马一浮先生，于学无所不窥，尤邃于内典，兼通拉丁等多种语言文字；弘一法师誉为生而知之者。十九岁丧偶，迄于八十五岁谢世，泊然独处。其间，曾有以无后不孝，敦劝其鸾续者，则诗以谢之，有"他日青山埋骨后，白云无尽是儿孙"之句。

三　悉答多步答腊为佛顶神咒咒心，意译为"一切究竟坚固"。

一九九七年七月二十七日

垂钓者

之一

是谁？是谁使荷叶
使荇藻与绿蘋
频频摇动？

揽十方无边风雨于一钓丝！
执竿不顾。那人
由深林的第一声莺，坐到
落日衔半规。坐到
四十五十六十七十之背与肩
被落花压弯，打湿。……

有蜻蜓竖在他的头上

有睡影如僧定在他垂垂的眼皮上

多少个长梦短梦短短梦

都悠悠随长波短波短短波以俱逝——

在芦花浅水之东

醒来时。鱼竿已不见,

为受风吹? 或为巨鳞衔去?

四顾苍茫,轻烟外

隐隐有星子失足跌落水声,铿然!

之二

我坐这一头

我的朋友星期五

坐那一头。

风只管他自己袅袅的吹

月只管他自己溶溶的白;

小舟摇摇。不比蚱蜢大的

我自制的小舟摇摇

在水上,在水底的天上:

天有多高,我的小舟就有多高!

满篮泼剌的锦鳞

与满眼苍翠摇曳的湖光孰为多少得失?

抛一个过来人的苦笑

我的朋友星期五说:

美,恒与不尽美同在。不信?

认取这微波,肋骨似的

是抉自那个美少年的

生生世世生生

不忍闻与不须说?

为义德堂主廖辉凤居士
分咏周西麟绘鸭雁图卷

鸭之一

只要比我的肩背比我的喙与蹼
再宽再长一点点一点点
便沧浪万里了!
我对池塘说。

雷声永远比雨点小
由于生来耳背。而且
口吃。刚刚理会得
鸭鸭鸭鸭叫自己的名字

且喜池内有蝌蚪；池外

池外不远处有桃花

三枝，两枝，一枝

一枝已惊喜过于所望了！

芳草年年绿

一绿一切绿。乃至

深灰与浅灰

一影拖字叫新霜之雁背

此外，此外复何求？

纵然有翅，能飞

而高不及一尺；纵然有舌

只能鸭鸭鸭鸭叫自己的名字。

雁之二

人人人人人人

只或双，成行或不成行

在江心，在天末

秋风起时：

秋风有多瘦多长

你的背影就有多瘦多长

是你在空中写字，抑

字在空中写你？

人人人人人人

何日是了？除非

（秋在高处高高处自沉吟）

除非水流有西向时；

水流几时西向？

欷！除非你写得人人人人尽时。

一九九八年八月三十日

坚持之必要
——光中词兄七十寿庆

我要坚持到六十才走！
还记否？那是三十年前
一个角黍飘香的傍晚
在川端桥下划船时
你发的豪语——

那时你大约三十八九顶多四十一二；
在红一寸灰一寸的夕照下
扶着双桨，眼神指向无尽远的远方；
我一定要坚持到六十才走！
你说。那眼神
是仁以为己任的眼神

约 会

死而后已的眼神

我来我睥睨我征服

亚力山大的眼神

岁月从不欺人,坚持也是。

看!山从天那边,那边的那边

门墙似的向你移来移来移来;

而欲晴则晴,欲雨则雨:

仙人掌在仙人掌上遂妩媚而自足的笑了

不起于坐,而直自己为一缕孤烟

圆自己为与天齐的大漠。

两点之间最短的距离谁说是直线?

由天府成都到厦门街到沙田到西子湾

到郁郁乎从心而不踰矩,这次第

岂一蹴而可识,可及?

此一刹那之我已不同于彼一刹那;

一字吟成,九回肠断

更无论,美之后有大

大之后有圣，圣之后有神

神之后，神之后呢？

要回去是不可能了

你已走得太远！

川端桥上的风仍三十年前一般的吹着；

角黍香依旧，水香依旧

青云衣兮白霓裳

援北斗兮酌桂浆

举长矢兮射天狼；

袅袅复袅袅，紫烟碧波深处

诗魂之吟诵声也依旧。

与落霞的紫金色相辉映；

隔岸一影紫蝴蝶

犹逆风贴水而飞；

低低的，低低低低的

戊寅二月初八惊蛰日于淡水

花，总得开一次
——七十自寿兼酬夏宇阿藐及林翠华

一天就是两岁。

百年

比一刹那的三万六千分之一

还短！

顶从来秃面从来皱齿从来豁

自告别脐带、初识涕泪之日起

每过一日

就老一岁。一直老到

老得不能再老的某个夜晚

月正圆。蓦然

心头电光一闪

（隔院的仙丹花也开了）

相视一笑：从此昼与夜便袖着手

稻穗一般的低着头

朝回走：

如水西流，后浪推着前浪

自七十而从心所欲不逾矩

一直流向吾十有五以前以前

坠地的呱呱声从来不断

甚么是我？

扑朔而迷离：

一禾

一戈。虽然

禾非我

戈亦非我

不同姓不同命而同梦

或映于春波之绿，或游于广漠之野

蝴蝶在渡船头

约 会

在几千年前庄子的枕上

各飞各的

几度濒于绝续的边缘

却又无端为命运

为杨枝之水所滴醒——

且喜且疑且惊

原来一向藏身于颈细腹亦细的瓶底

错认足下有世界名独乐

有佛号自足。一任

风月在瓶外

无边,自圆而自缺。

若路与走与未到同义,

若我不忍读的过去

是由一行行仄韵和拗体吟成;

当知:我生之前

已有之后,更有之后

横亘于之后之后——

蹉跌，无宁是不可免的！

然则，我将如何端正

端正我的视线；如何

以眼为路路为眼

而将后后与前前照彻？

如果，如果蹉跌是不可免的

丈六金身与一茎草谁大？

若曾有人以十一年的苦寒

将自己

静定为一脉雪山。不信

二十一年胭脂的流水

甚至磨洗不出半只贝壳的耳朵？

纵然你是钝之又钝

而且贪睡

睡终有觉起时

且且，除了觉与觉与觉

更无有谁堪为你的依怙——

世界坐在如来的掌上

如来，劳碌命的如来

泪血滴滴往肚里流的如来

却坐在我的掌上

冬已远，春已回，蛰始惊：

一句"太初有道"在腹中

正等着推敲

附注：

一　区区于民九农历除日生。跨年即两岁。

二　耳公陈庭诗兄曾以韵语多首见遗。其一曰："闲中袖手旧丰神，劫隙流光又几春；好有南华经卷在，软红十丈任扬尘。"

三　"渡船头"靠淡水镇作者寓所十小站。

四　袁琼琼隽语："宗教喜欢罪人；命运喜欢无能的人。"此十四字，几可为余一生写照。

五　佛十九岁出家，三十成道，前后于雪山潜修，凡十一寒暑。

六　我在武昌街明星咖啡屋门口卖书二十一年——一九五九年四月一日起，一九八〇年四月一日止——以愚人始，愚人终，终始皆愚：可谓信而美，善且巧矣！

七　郑愁予句："满街胭脂的流水可要当心！"

八　有生之伦，皆依地轮而住。地依于水，水依风，风依空，空依觉——觉也者，六凡四圣之所同具！喻如朗朗者月，虽圆缺有殊，光不殊也。

九　董平夫人穆云凤曾语我："竹子不开花，朝开而夕则槁矣。奇哉！"

一九九〇年庚午惊蛰后十日于淡水

七十五岁生日一辑

风从何处来

主说:要有火!
于是天上有霹雳与闪电。

又说:要有水!
于是地上有霜露与冰雪。

然而,从来没听见主说要有风要有风啊
乱云深处,何来照眼一株红杏?

咏蝉

空着肚子

却唱得如此响;

难道,这就是因为

这就是所以么?

从稚夏到深秋

从无到有到非有非非有:

透骨的清凉感啊

这次第,怎一个知字了得!

致某歌者

一字一顿挫一抑扬

一字一抑扬一顿挫

歌声自那人右胁一线天的有无间荡开

魂兮魂兮魂兮

约　会

桃花有多水那人就有多水

月已堕，鹊犹绕，露正繁
欲仰攀此一蜘蛛之丝而远逝
魂兮魂兮魂兮
那人已将前路乃至无边颠倒裳衣的夜空
举过了头顶

题未定

在一寸艳一寸血的重重玫瑰之上
再画一重玫瑰，
画到夏日最最后后一瓣时
夜莺遂声声不忍闻了！

不同于玫瑰而同于玫瑰的身世：
在自割的累累伤痛之上再割一次
割到夏日最最后后一寸时
夜莺遂声声不忍闻了。

不信

不信草叶有眼,有耳?

不信? 轻轻呼唤一草叶的名字
所有的草叶,所有的
都一时耳痒
且泫然出涕

用去年来过的样子再来一次
身世悠悠,此生已成几度?

为什么不循着原路倒退着回家?
乡心才动,已云山千叠!

草叶呀! 不信从来你我只有一个脐带?

所以,睡吧

所以,睡吧,一笑而得其所哉的睡吧!

有花香缀满你走过的崎岖的路

你的路,虽为自己而走

却不为自己而有。虽然

有江河处就有你的波涛

而一颗星的明灭同于你的喜戚

所以,睡吧,一笑而得其所哉的睡吧!

醒来时或劫已千变了!

不为自己而有甚至不为自己而走

天可坠日可冷月可冥

无边的草色将不断绿着湿着你的

更行更远还生的笛子

一九九五年二月十九日

鸡蛋花
——为美宜刘老师写

凤年出生的那女子

一觉醒来,指着自己的肚脐说:

开花!

花就开了。

一时香满无边三千大千世界

众醒皆醉

在云里云外。是谁

是谁的箫声袅袅

引来一行行诗句如雏凤

咳,一行行清于老凤

艳于老凤而又

拗于老凤的?

一九九八年十一月廿二日

咏野姜花 九行二章
——持谢薛幼春

一

受用水边岩下不用一钱买的清旷与闲逸
誓与秋光俱老
永永不受身为女儿

看谁来了?
落落的神情,飘飘的素衣
翕然而合! 一时
昨日之我与今日之我:

梦中之梦中梦,莫非

石头记第六十六回之又一回?

二

只为一念之激之执之热,

恨遂千古铸了。

剑刃是白的;

血也是。以至痛

为至快。一快永快

一痛更不复痛

一痛更不复痛:

在魂兮归来自圆自缺的水之湄

在夜夜月上时

一九九九年三月十八日

失乳记
——观音山即事二短句

之一

住外双溪时
望里的观音山永远隐在云里雾里
然而,璎珞严身
梵音清远可闻

如履之忘足,鱼之忘水
而今,去我不及一寸的大士
欸! 却绝少绝少绝少照见
——眼不见眼

之二

从来没有呼唤过观音山
观音山却慈母似的
一声比一声殷切而深长的
在呼唤我了

然而,我看不见她的脸
我只隐隐约约觉得
她是弓着腰,掩着泪
背对着走向我的

断魂记
——五月二十八日桃园大溪竹篙厝访友不遇

魂,断就断吧!

一路行来

七十九岁的我顶着

七十九岁的风雨

在歧路。歧路的尽处

又出现了歧路

请问老丈:桃花几时开?

风雨有眼无眼?

今夜大溪弄波有几只鸭子?

小师父，算是你吉人遇上吉人了！

风是你自己刮起来的。

魂为谁断？不信歧路尽处

就在石桥与竹篱笆

与三棵木瓜树的那边，早有

凄迷摇曳，拳拳如旧相识

擎着小宫灯的萤火虫

在等你。灾星即福星

隔世的另一个你

久矣不识荒驿的月色与拂晓的鸡啼

想及灾星即福星，想及

那多情的风雨，歧路与老丈——

魂为谁断？当我推枕而起

厝外的新竹已一夜而郁郁为笙为筝为筑

为篙，而在两岸桃花与绿波间

一出手，已撑得像三月那样远

  一九九九年八月四日敲定。距于竹篱厝枕上初得句，已地轮自转六十六度矣。惨笑。

辑四　远山的呼唤

辛巳除夕对酒有怀

小林正谢等诸大师

飞鸟之影,未尝动也。
　　　　　——惠施

"怪谈"剪影四事

黑发

"自君别后,
这里也发生过许多事情。……"

在溶溶着烛影晕黄的木屋中。
蓦然!伊把那张含愁不胜的脸,脉脉
移向那人
刚悍的臂弯。

复回身,
以轻微得不曾搅动丝毫夜之静谧的嘘息:
伊吹熄了灯。

于是"过去"霍地转过脸来
把夜！这缕缕仿佛来自玄古的绝壁早春的瀑布似
　的温柔
幽幽，幽幽幽幽地
将那双剑眉
　迟来的忏悔——

覆盖。

本事：武士井森。家贫无以自存。仰妻十指为活。
　　旋弃而入赘某宦家。妇骄悍。屡施挫辱。至
　　是乃幡然有归志。既抵家。日已昏暮。院中
　　榛莽荒秽。暗牖内。一灯荧然。逡巡入。女
　　犹当窗坐。泪眼相向。恍如隔世。诘旦推枕。
　　唯髑髅一具。黑发一缕而已。

雪女

霎时伊的脸色由红而白而黄而灰而青而蓝且紫。
伊的眸子,如此春水般潋艳且眷顾过我的;
而今,闪射着慑人的光辉
阴鸷的光辉
地狱的光辉。火一般冷,雪一般热的
光辉。

风犹未起,
我已凛然触知:当山雨欲来时
那咸湿而冷的腥味。
"你答应过不告诉任何人的!"
一字一切齿!伊说:
"我瞎了眼了!早知今日
悔不当时就——"
更不回顾。也无须打开门栓。
张僵直而惨白的鱼目

看伊:很母亲地

审视了"我们的孩子"最后一瞥;

便翻脸若不相识,悻悻

夺门而出——

遗下风雪。雪外的木屋。屋外的路。路外的

红而郁苦的双履……

任使抉眦,断舌,焚指,摘发

任使鞭打自己的喜悦一百次,一千次,一亿次

也永不能:使曾经

成为曾未。

在玫瑰花上酣睡的人,必将

在荆棘丛中痛哭——

原来所谓奇遇

有时候

只是一个滴血的漏斗。

本事:樵者甲乙二人。负薪夜归。风雪失途。共走

避荒野一废屋中。夜半。飙有白衣女自地中出。徐俯身。吹气入乙鼻中。须臾遂僵。既而向甲。凝睇良久。曰。好头颅可惜。善自爱。慎勿为外人道。某归。卧病累月。旧影前尘。忽忽都忘。三年后某日。于斜阳荒冢外。遇一女子。伶俜独行。叩之。答以父母双亡。将之江户求职云云。因要还家。生子女三。而女容益艳。村里共异之。一夕。灯下小酌。见女梨窝泛赤。星眸映雪。与前废屋所值。不爽毫发。一时喜心飞动。具陈前事。女色变。拂袖竟去。某吞泪。以所织红拖鞋追贻之。已无及矣。

无耳芳一

君不见：盈百累千森郁而怒的人面蟹
叱咤着！
自你风吹海啸、船倾楫摧、玉怨珠沉的
琵琶声中

攒奔而出——

在海底。犹有血的余气氤氲着的水殿之上。
不是鱼龙，非关风涛：
多少濡湿、执拗、矜贵而最难于瞑目的
负创的魂灵，
正于此吞声、危坐、洗心、侧耳
追随你的十指；如渴猊
扑向一阕不知是泪是酒是火的泉池。

难就难在：凡有声处
（不！ 凡无声处）
总有耸然凝立的耳朵——
当桎梏而暂得脱解的听觉已习惯于
那震撼：那跌宕而忧伤的温暖；
当银甲武士面色如灰，夜夜
衔命而来……
温婉而盲目：你，可怜的芳一！ 便摇曳着
投入一丛风雨，一卷苦剧。

约 会

善巧之护持,即使面面俱圆

仍无所逃于百密之一疏——

可怜的老衲! 不识心生种种法生

心灭种种法灭;

不识墨香,即使从自在悲愿中流出

遮得了眼,遮不住看

看在,斯眼在。正如

听之于声,声之于耳。

为琵琶而生,而瘦,而自损自苦

愚中之最愚,抑慧中之至慧?

当凄肺肝而裂金石的神技一无补于

生之恻恻与死之寂寂。芳一啊

睡吧! 睡吧! 此其时。人天正昏。知么知

世界无尽。寂寞无尽。泪,无尽。

本事: 日幕府平源二氏争权。战于海上。平氏败绩。

举家坠海死。精魂不昧。恒摄沙弥芳一者。

为奏琵琶。歌海战旧事。藉抒幽愤。一韶秀。婉柔。与人无所忤。自受冥召。宵衣旰食。不遑宁息。主持僧忧之。密以般若波罗密多。书芳一胸腹肩背头面几遍。唯余双耳。夜半。使至。不见芳一。虚堂内。唯双耳赫然悬焉。遂刃之以去。自是不复至。一既撄斯难。性愈和。艺愈精而名愈著。冠盖之家。以重资。求一聆耳福者。不绝于路。一泊然无喜。悉以所入归之寺中。

碗中武士

怎么也抖不脱那恐怖
那似怒非怒、非笑似笑的威胁——
那从那日，我一口吞下
那人的面影
自海一般深沉的碗中。

此生或彼生，此世界或彼世界

脚印永远跟着脚走:

而踏下的,无论重轻深浅

都必有其回响。

多想再捞回并烘干已灭顶的自己!

但,只有"也许"知道:除非,除非我能

把已染污的剑锋磨缺

把已吞没的腥膻呕出——

饶是这样。教江水往西流有多难

它就有多难。

"我等乃为主人索命而来!"

按剑。环立。在晨光熹微的前阶:

那人! 又是那人

——面影已葬我腹,而背影

又仆于昨夜石壁中的——

何以于再死之后

竟再生而面目各同为九?

隐隐有笑声如夜枭

生自我的胸臆——

当我剑落手起

九颗人头犹如九颗狡黠的玩偶

滚摇。蹴跳。飞掷。相逐复相噬

且各张其似怒非怒、非笑似笑的怪眼

像碗。而一一碗中有一一我咆哮着：

"吞下我！吞下你自己！"

在愈斩愈多还出的最末。颓然

我仰见一角沉沉欲下的，眼样的天

以戟矛为睫。

本事： 有幕府武士开山者。一日剑余。举水欲饮。见中有武士面影。向己目注不移。非怒非喜。恶之。遽吞而饮焉。及夜。昼所见影又现身瓮中。猝起击之。立仆。越旦。有三少年求见。讶其与前二者神貌之酷似。心寒胆裂。力战不敌。哭笑而死。

野菊之墓
——日影片扫描二首之一

从此,凡有爱处
便有龙胆与野菊。

从此野菊便永远
在霜中开——
不同的心境,不同的颜色
一般的坚忍与固执。

从此龙胆便永远是紫色
绝望的紫,切齿的紫
凄惨的,无言的嘴
的紫

从此凡有爱处
便有船，有岸，有伞
复有雨。且无论其为
昨日，今日，明日
红雨，黑雨，白雨
全一样——
伞遮不住雨。即使是
铁铸的
天样大的伞

不敢言，不敢怒，不敢死甚至不敢悲
十七岁
由野菊仍转世为野菊
祸根的十七岁
比一挥手，一声欸乃还短
这距离，夕阳与黄昏
不祥与美的距离

要来的总是要来的。

试向石砌，人砌

也是天砌的箭头问路吧！

你听见不？那响自处处处处

一声比一声幽愁的独语，说：

凡有爱处，便有龙胆与野菊

而紫色恒紫，霜恒冷、恒白……

本事：中学生武志，年十五，与姨母之女民子相爱悦。惟女年长于武志二岁，格于世俗谬见，乃不得不吞声饮恨，改适他人。未几，女以流产死，而目不瞑，掌中尚握有武志所贻之情书及龙胆花残瓣。盖武志常赞女为野菊转世，而民子亦曾指武志为龙胆投胎云云。

一九八三年十二月十一日

远山的呼唤
——日影片扫描二首之二

莫非真如眉下宿着咸湿的风暴

沧海过的老渔人说的：

深喜！九九尾在

殷忧之后？

跌坐在铁窗的阴影下

听北海道的潮汐

与富士山的风雪

想着，想着伊的眸子

专注，而微带忧戚的眸子

以及，像寒雀

在晨光熹微中

跳掷明灭的语声

龙虾是红的

酒也是

还有更红更红的是

小弟弟的苹果脸,尤其

蛰了小半辈子眼前忽然一亮

女主人的心的隐恻

比古井之水更枯寂的深夜

谁在这般时候

草木皆兵的叩窗?

风雨及时的来到

迷乱与惊喜

狼狈的亡命客与初生的小牛犊

也及时的来到

于是,于是那山与我

那缥缈的呼唤与我

遂成为艰难的了

天意怜悯罪人

不为杀人而杀人的罪人

知恩报恩的罪人

所有的路,所有的花和柳

都伸出手来

向绝处,悬丝一般牵肠的

绝处

你说你周五下午来

我从周一上午就开始快乐:

其实无时无刻我不是快乐的

自从我有幸认识了镣铐

认识了它的温香,圣神与固执

十二年。长于永生永世而短于

临去秋波那一转的十二年:

但愿日子过得愈慢愈慢愈好!

今夜铁窗外会不会有青草的脚步声

带我悠悠入梦？

后天就是星期五

不晓得这次会不会带小弟弟一起来

愿天赐福给伊母子——

如果寂寞能生烟

山，也应识得泪的真诠

虽然山的泪很硬

它是沉沉，背着夕阳与天涯流的

本事： 男主角某（忘其名）因过失杀人。仓皇走他乡。夜叩一孀妇之门。妇惊起省视。窗外雨急如绳。乃止之宿于牛舍中。翌晨。愿寄身为佣工。三餐一倒外。不索直。自是出入作息。胼胝甚勤。余时惟闭门坚坐。兀兀默默。状若槁木。一夕。大风雪。妇置酒内室。邀共围炉。并促热浴。竟固辞不入。明日。复自请解雇。妇五情摇惑。渺不解其所由。俄而刑警猝至。始如梦觉。厥后。每周三或五。必携幼子一往狱中问寒温。室远人迹。十二年如旦暮焉。

读K先生摄影有所思 二题

凝视

直刺向我的要害

那一瞥

匕首一般专注而温柔

自九万光年以前

猝不及防的

我的背后

依旧　且愈洗愈新愈冷而愈亮

那一瞥

战栗于千寻难再得的悬崖

举足

便成沧海

终于不能抗拒

那珊瑚礁的香味　藻荇以及

新寡的鱼龙的香味

犹十分真切的记得

　那夜　月全蚀

而隔日之次日之又次日

太阳　金镶蚀

盛夏

蟋蟀蟋蟀蟋蟀……

——天气真热！

你听见不？那是

　　我的热

被我的热所追逼

一路

落荒而逃的喘息

一直逃到眼见得最后一片树叶

都烧焦了的所在

我的热乃发一声喊：

那是雪！是自有玫瑰以来

　　最本色

而不畏人说的一段夏日

无刺的

一九八八年八月十一日

笔述赵惠谟师教言二则(代后记)

一曰:

新体诗易学而难工。阁下既然不幸搅上了这一行,将错就错,索性孤注一掷,鞠躬尽瘁死而后已的搅下去。……

世或有无果之因,断无无因之果。

冷板凳不白坐。老天爷有一千只眼睛,至少有一只是睁着的!

再曰:

之外,很冒昧的问一句:阁下历年来在联合报发表过的,如《好雪,片片不落别处》等等加起来,可有百首或五十首?

是谁说的? 人生就像拿水桶到井里打水,只有桶掉在井里，没有井掉在桶里。

听我的劝！趁着眼前，趁着眼前这口气还在，赶紧印一本，不必夸说为社会国家，至少为自己，为至亲好友，为已过世的祖先，多少留一点点足资纪念的东西。纵然遭时乱离，天涯沦落，也算不虚此生了。

二〇〇二年愚人节之又又次日，
梦蝶于新店五峰山下时年八十有二。

有一种鸟或人

辑一 拟作

拟作 二题
—— 读金晓蕾张香华译南斯拉夫诗选

之一 李白与狗

拟 Viasta Mldenvic

是否？凡有人处必有狗
李白呀！是否所有的狗
都看人低。且善吠：
吠声里藏着沙子

李白呀！东方不老的诗仙呀
请语我：长安有没有狗
长安的狗是否和塞尔维亚一样
看人低。且善吠：

吠声之高高于

高于你的广额剑眉与星眸，高于

你的将进酒与行路难，甚至

高于你的不协律与坎坷

当长安一片月如惊弓自夜郎

自塞尔维亚，自塞尔维亚我的

愁更愁的杯底涌起 ——

李白呀！长安很近

而塞尔维亚很远。

李白呀！长安在你脚下

塞尔维亚，李白呀

塞尔维亚在我的头上！

之二　旋转十二行
　　　拟 Dusan Kan Kuezevic

旋转吧

同心圆一般的旋转吧

让所有的人

让所有的人，所有的

让所有的仇非仇

让所有的友非友，手牵手

同心圆一般的

旋转吧

胫骨折了，尚有膝与肘

尚有舌与眉目 ——

稽首十方无边身大士

明天又是一天了

门与诗
—— 拟南斯拉夫作者 Zlatko Krasi

之一

门无所不在。
门说。你把这扇门关了
另一扇门会自动的打开;
纵然你把所有所有的门关了
而比所有所有更多的
门的鬼魂是关不住的!

许或有风自漠北
许或有履痕自砌下的苔绿,乃至
许或有香雾袅袅朝隐而出

暮隐而入。最难得

许或有双迟归的手,在昏月下

正沉吟着敲与推

之二

谁能不翼而飞? 谁能翩翩

飞出地平线? 飞出

之外之外的万有引力?

诗说。诗这环结只有诗自己能开解:

霏霏雨雪,依依杨柳

牛顿的头,爱因斯坦的烟斗。

惘然记
—— 戏拟南斯拉夫 Predrag Bogdancvic-Ci 学剑有作

罢了罢了！是第几次

这草鞋钱终归是白费的了。

曾与师兄甲师弟乙

联袂入山学剑 ——

师兄甲学攻，

师弟乙学守；

剑师空同子童颜鹤发

窅然顾余而笑曰：

贫道与仁者多生有缘

但，今非其时！

去去！向孤峰顶学高

向众壑学深，学下

向雪学忍

向尊夫人学怀孕……

如是十年百年千年乃至

三十六亿小劫之后。若前事不忘

当于泰山北麓，丈人峰下

与子相见！

辛巳小满前三日

泼 墨
步南斯拉夫女作者 Simon Simonovic 韵

曾以怒气写竹喜气写兰,亦曾

于酒酣耳热之后

一头栽进墨汁里,之后

又一头撞到宣纸上

醒来时已竹生子,子生孙

孙又生子子复生孙生子了!

自来圣哲如江河不死不老不病不废

伏羲,卫夫人,苏髯,米颠

在如橡复如林的笔阵之外

一努五千卷书,一捺十万里路

风骚啊！拭目再拭目：

一波比一波高！后浪与前朝前前朝

辛巳年四月十二立夏前夕

善意的缺席

——遥寄南斯拉夫女作者 Marijana Bozin

一直想一直想一直想

想安排一次聚会,邀集

极少数用一个鼻孔出气的

地点就在离肺肝不远的某个角落

时间是农历二月十二

百花生日

名单已拟妥;限时专送的柬帖

已付邮。这才蓦然发现

绯桃未受邀;还有

宜男,拒霜。尤其千不该万不该

漏了最最善于织梦的

沉水香与映山紫

辑二　酬答九题

酬答二首(各有跋)

之一　咏沙瓶
迟奉满济上人

一沙一世界

如是无量恒河沙数恒河之沙

不即亦不离。如鱼之与水

自在戏游于藕花的香光之中

泼剌,东西而南北。

醍醐的月色与潮汐的钟磬

若智若愚若有情若无情非想非非想

一闻千悟。且无须启请

三藏十二部如来密因

已声声流出瓶外

跋：予与满济上人初无一面之识。五年前，忽以沙瓶一事见贻，云系携归自天竺，以与诸方善信结缘者。瓶高不及一寸，满中细沙如细鳞，宛转明灭，翔泳唼喋于绿藻水荇之中。因忆汤显祖《还魂记》第二十七出有句云：这瓶儿空像，将世界包藏。又，王船山诗：多少游鱼嚼空影，衔花来听读书声。然则上人此赠，或以无闻无说为甘露法，以行其无缘之慈与同体之悲欤？未可知也。二〇〇四年三月九日。

之二 咏紫砂葫芦
遥寄妙恭尼

向南。说走就走！
连衣袖一挥都不一挥。

以大树为乡为里为邻

以大树将军之风标为范为轨

一步一趋一沉吟 ——：

　　青青之麦，

　　生于陵陂；

　　生不布施，

　　死何含珠为？

圆满千二百功德！

一音一切音。应以何身得渡

即现何身而为说法 ——：

　　净土周法界，

　　云何独礼西？

　　但能回一念，

　　触处即菩提。

路是路自己走出来的！

枫丹露白，各自有其所以与不得不。

跋：女诗人林峻枫，家世履历不详；只知其于台北某角落赁屋独处,以笔砚代耕织。四年前农历除夕予八十生辰,女诗人着大红风衣,飘然莅止,以紫砂葫芦一事为贺。厥后二年,忽传其于高雄大树乡某禅院削发为尼,法号妙恭。其剃度师为谁,剃度因缘为何,都付阙如。人亦南北各天,杳不复通音问。所幸此紫砂葫芦尚在。风雨晨昏,相视莫逆。傥亦昔人云汉影月醉醒外之无情游乎?惭谢!二〇〇四年四月八日。

山外山断简六帖
—— 致关云

之一

一痛俱痛；
由一眼望不到边的此岸
到彼岸。点滴凄清
调寄哨遍或泣颜回
一阕生复生的桃花水

—— 脐带是剪不断的！

之二

颠颠簸簸走了近九十多年的路
毕竟,你是怎样走过来的?
不敢回顾。甚至
不敢笑也不敢哭。生怕
我的笑将为我的哭所笑
而我的哭又为我的笑所哭

之三

是不是该换一双了?
路走得如此羊肠而又涩酸:
我的鞋子从不抱怨!

从不抱怨。我的鞋子只偶尔
有梦。梦到从前。梦到
长安市上的香尘与落叶,袅袅

欲与渭水的秋风比高；

与雁阵一般不知书不识愁

刚刚只写得个一字或人字的

之四

飘缈而古怪的静寂。仿佛

甚么都不曾发生，甚至

连甚么都不曾发生

也不曾发生。看

横与直。好大块大块的

黑与黑。轰然

如早春的雷鸣，谁家

初生的，婴儿的啼声

之五

我爱缺陷！你说：

我爱夕阳山外山。

水之逝与月之亏盈
霓虹之白与七色
谁能分割？这连体婴：
十分之十与十分之
九八七六五四三二一

之六

九千九百九十九只之外之外
唯一的，唯一的那只
迷途的羔羊
有福了

听！何处圆面人的歌声
"无须治疗。伤口这奇迹
它自己会好！"

附白: 本诗末二行为女诗人叶香句。叶香面圆而红。曾自谑为台中太阳饼。

二〇〇四年四月十三日

十四行
—— 再致关云

岁月从不着意薄待或厚待谁谁。

夏日行过池塘。步犹未举
所有的池塘,所有的
池塘里的荷叶莲花藕
都次第而环珮锵然的笑了

风雨及时的来到。眼见得
红的红,紫的紫,葳蕤的葳蕤
狼藉的狼藉 ——
如是如是如是,晴丝有多长多袅
美丽与哀愁就有多长多袅

岁月从不着意厚待或薄待谁谁!

一年至少三百六十回日出

且三年两不闰三年两头闰。虽然二月

二月只有二十八天

二〇〇四年四月十三日

止酒二十行

　　八十九岁生日遥寄

　　刘敏瑛台中

　　兼示黑芽

尽痴痴等黄河之水之清到几时?
愈老愈清愈醇愈辣而有风调:
五十八度的我,蹲在
一百一十六度的瓮底,频频
复频频呼唤再呼唤你:
只剩一半了!
真的,只剩一半了!
一半是多少? 有几个一半?

渊明陶公有止酒诗
却不止酒。忝为陶公私淑之门墙如不敏
庸敢冒天下之大不韪
而止昔贤之所不能止?

从来饮者与圣者与大道与青天
总一个鼻孔出气;
而诗心与天地心之萌发
应自有酒之日算起 ——

酒有九十九失而无一好。
是谁说的? 舌长三尺三寸
酒德颂作者之浑家?
吓! 妇人之言如何信得?

无题

牛年二月初九惊蛰日
再贻黑芽

之一

每一滴雨,都滴在它
本来想要滴的所在;
而每一朵花都开在
它本来想要开的枝头上。

谁说偶然与必然,突然与当然
多边而不相等?

樱桃红在这里,不信

樱桃之心早忐忑在无量劫前的梦里?

共说谁家的金钏,昨夜

又自沉于深井里了!

鹅鸭依旧坚持生生世世划水,而蜻蜓

只习惯于不经意之一掠

之二

有三月的所在不必有桃花水

有鸳鸯的所在必有香和热

大风起兮。君不见

一代天骄成吉思汗的宝弓才弯

而大漠孤烟之雁已侧翅

双双双双落

扑朔而又迷离。思量过

颠倒裳衣,且母亲过的有福了

不举足而家到。是谁说的

吃甚么桑叶儿结甚么茧儿

肘偏能生柳。不信从热灰里不能

爆出一颗冷豆来?

九行 二首
——读鹿苹诗集扉页有所思

之一

一片枯叶如扇复如掌,轻轻
打在一匹孤飞的
名字叫梅花的
麋鹿的肩上。说:
高处太冷了。不如结伴,及早
回故乡过冬吧!

还有什么好犹豫的?
才说到故乡,故乡的梅花就开了!
还有什么好犹豫的?

之二

想再回到尚未出生以前

怕是不可能了。不如

不如将错就错,向

至深至黑的井底,或

松尾芭蕉的句下

觅个悟处与小歇处吧!

话说到天亮也说不完

我偏爱句号。更爱

凄迷摇曳,蝌蚪也似的逗点

试为俳句六帖
—— 帖各二十字遥寄 Miss 秦岚日本东京都

之一

衔无边春色而来：
一只乳燕。翩翩
而已的一只乳燕

之二

世界醒了！
至幸或至不幸？
古月下，青蛙的一声古井

之三

高柳说法。君不见
树树树叶，叶叶皆向
虚空处探索？

之四

几人修到时间？
月可热日可冷，无量百千万劫
犹童！

之五

相视而笑
奇哉！是谁绿了松尾
绿了雪，又绿了芭蕉？

之六

睡吧睡吧！地牛
一睡一千万年。愿三色堇爱你
永远！

附白：三色堇又名猫儿脸，笑笑花与醉醉草。花开五瓣，呈白黄紫三色。性苦燠热，每托根于重岩积阴之下。或有误触之者，则昏然思睡；既睡而醒，遇人辄笑，亦不计其贤愚亲疏美丑老幼男女。余友许小鹤居士如是说。二○○三年癸未上元日。

沙发椅子
—— 戏答拐仙高子飞兄问诸法皆空

那人才一动念说:我有
我已有了。

以无量恒河沙数恒沙之沙之名为名
一发而不可收拾 ——
棉絮、皮套、刀剪
篾片、钉铁、麻绳
而规矩而手眼而缠绵
而一旦豁然立地为今日,如我

妩媚也罢,不妩媚也罢
而已而已的一个名字

—— 沙发椅子!

揽众缘为一缘:

亚历山大、碧姬芭杜、穆罕默德

—— 沙发椅子!

四月
——有人问起我的近况

甚矣甚矣吾衰矣吾衰矣。眼见得
字越写越小越草
诗越写越浅,信越写越短
酒虽饮而不知其味
无夕不梦。梦里不是雨便是风
却从不曾出现过蝴蝶

且喜四月已至。四月
孟夏的四月是我的季节
听!这笛萧。一号四号八号十三号
愚人节儿童节浴佛节泼水节。而且

太阳历才过了,太阴历又来

谁说人生长恨;水,但见其逝?

两个蜻蜓

昨深夜归来,喜获张香华著新作二种。翌晨枕上,不思而得四言六句,共二十八字,却寄。辞曰:

两个蜻蜓

不知西东

无端青草池畔

　　撞个正着

居然风也细轻

　　雨也细轻

二〇〇六年愚人节于新店五峰山下

辑三 再也没有流浪
　　　 可以天涯了

赋格

——乙酉二月廿八日黄昏偶过台北公园

风过处

谁家的步步高，翛然

垂天之云的扇面一般的展开——

好一群小麻雀，孪生，且有志一同

只嫌翅太短河太浅天太窄

粒粒金黄色香稻的阳光尚不足一饮一啄！

肠一日而九回：

由呱呱的第一声哭到阵痛

易折而不及一寸的叶柄可曾识得

自己的叶脉，源流之所从出？

是谁说的:再也没有流浪

再也没有流浪

可以天涯了。

去时路与来时孰近? 昏月下

信否? 匍匐之所在

自有婆娑的泪眼与开张的手臂

在等待。在呼唤

谁是旋转谁是轴? 依旧

拱桥。依旧荷香绿波藻荇和游鱼。虽然

麻雀老矣,赋格又不同于律绝

而非非想诸天鼻梁之孤直而长且高

也不是一飞而可冲的。

人在海棠花下立

—— 书董剑秋兄摄影后 十八行代贺卡

  人生实难，

   大道多歧。

        —— 台静农

且喜左上方尚剩有一角

寒鸭色的天空；且喜

尚有余红三五朵由右下方

耿耿孤忠大块大块的绿托着

将堕未堕不起欲起

毕竟人与树与花与流光

谁为谁而妩媚？

直教人

扼腕也来不及击节也来不及

乃惊叹于眉发白得如此绝情

而美之为美低回之为低回与夫

若到不到晚到与早到

惆怅是一样的!

君莫问: 惆怅二字该怎么写?

看! 晚风前的我

手中的拄杖与项下的钵囊

一眼望不到边

偶然与必然有限与无限

果尔十四行

果尔,此山此水此鸥鹭与羊牛
就有福了!

睿智而仁厚的读者,你可曾风闻
哲人治国
此一说法?

我没有拄杖子便抛却拄杖子
水之积也不厚其负舟也无力
墙有耳伏寇在侧
飞鸟之影未尝动也
太阳之肩之宽略宽于人之肩之半

有一种鸟或人

是谁说的？ 芭蕉禅师漆园吏 Heraclite

是谁说的,都已无关紧要;

千载下,有萤火的所在,定知有

自吹自绿自成灰还照夜的腐草

辛巳蒲月读徐悲鸿
—— 试为十四行各一　即以其题为题

一、山鬼

魂兮归来!

胡不归?

未能远谋,从来肉食者鄙。

去子之峨冠长剑与桂服

高情与盛气;

去子之父母之邦君国之思

归来!

胡不归?

我有石泉与子同饮

　　有赤豹与文狸与子共骑

冬之日，夏之夜

百岁之后之后乃至我有赤裸

与子兴云雨，齐寒温，永终始

—— 我是山鬼！

二、群鹅争食

我与我周旋久，

宁作我！

一个说。

百千万劫不一遇之奇福！

（又一个说）

被右将军羲之先生

"笼之以去"

既生而为鸟鸟而为鹅

除了鸡与鸭与桃花

最关心我的怕只有饿了!

明日风为谁吹池为谁皱草为谁绿

能鸣或不能鸣乃至

一吃两吃三吃

谁管得? 且倾身营一饱吧!

附注：山阴道士有白鹅，右将军王羲之见而悦之。道士曰：若能以所书黄庭经来，当与之。右军喜，期以三日。遂笼之以去。

又：庄子将烹鹅以飨客。厨人请曰：一能鸣，一不能鸣，奚杀? 曰：杀其不能鸣者。

在墓穴里
——读华副二○○二年四月十一日砚香诗作有感

还有什么好遗憾好抱怨的!

在墓穴里。

黑。除了黑

无诗可读。除了无诗可读

还有什么好抱怨的?

在墓穴里。我可以指着我的白骨之白

起誓。在墓穴里

再也没有谁,比一具白骨如我

对另一具白骨

更礼貌而亲切的了

真的。在墓穴里

绝绝没有谁会对谁记恨

绝绝没有 —— 谁，居然

一边举酒，一边亲额，一边

出其不意以袖箭，以三色堇

滴向对方的眼皮

至于诗，至于诗

这不知愁也不怕冷的隐花植物

你不读它，它也不会说你薄幸

更何况星月如此惨淡

我已枯的老眼久已为雾露为苍藓所遮断

今夕何夕？李贺乌鹊狐嫁女蜘蛛之丝井与无言……

前头已无有路了

有，也懒于回头。

在墓穴里。我将以睡为饵

垂钓十方三世的风雨以及静寂

比风雨复风雨更嘈切的静寂 ——

这，已很够了！

还有什么好争竞的？

    欲识宿命者

    端坐观实相

    如是久远劫

    不离于掌上

听！谁在会心不远处

举唱我的偈颂？

寒烟外，低回明灭：谁家的牡丹灯笼？

二〇〇二年六月十三日

花心动
——丁亥岁朝新咏二首

之一

那蔷薇。你说。你宁愿它
从来不曾开过。

与惆怅同日生：
那蔷薇。你说。如果
开必有落，如果
一开即落，且一落永落

之二

眼见得眼见得那青梗

一路细弱的弯下去弯下去

是不能承受岁月与香气的重量吧

摇落安足论

瘦与孤清,乃至

辗转反侧。只恨无新句

如新叶,抱寒破空而出

趁他人未说我先说

九行 二首

之一

不信先有李白而后有
黄河之水。不信
菊花只为渊明一人开?

风从思无邪那边
步亦步趋亦趋的吹过来

上巳日。子在川上曰:
水哉水哉水哉
逝者如斯。不信颜回未出生
已双鬓皓兮若雪?

之二

水仙在清水白石上坐着。

水仙说：我是花

只为自己而开！

每一个谁，水仙说

都有他的本分事业——：

谁能使已成熟的稻穗不低垂？

谁能使海不扬波，鹊不踏枝？

谁能使鹅鸭不八卦

而，啄木鸟求友的手

不打贾岛月下的门？

无题十二行

不信神圣竟与恐怖同轨；而
一切乍然，总胚胎于必然与当然？

巍巍黄金之国，轰然一声
双子星大厦之九一一
美比香扇坠儿秋海棠一叶
无山不崩集集之九二一

海只管自己扬他的波
紫微星只管在中天之顶
明灭他的明灭；
独鹤无言，竹梢坠露
不信"天若有情天亦老"
七字寥寥已呕尽歌者最后一口紫血？

静夜闻落叶声有所思十则
—— 咏时间

之一

时间就蹲在烛影深处
虎视眈眈的背面 ——

我是食鱼连头尾连骨皮肉一口吞的!
时间说:我是猫科

之二

时间从不开门,
也不关闭;

风月从这扇门闯进来，
打另一扇逃出去
也从未跌过交。因为
时间没有门槛！

之三

瓜之子恒为瓜，豆之子恒为豆
麟凤龟鹤，鸡鸭鱼鳖……

岁月静好，无边的虚空孕育
无边复无边的真实

之四

时间做不做梦？譬如说：
梦见雪崩或天坠
折臂或呕血？

潮水一向不习惯于等待；
时间也是。
与时间同一鼻孔出气
散花天女说她从来不散花
说人人头上自有一片天
自己的天自己顶
花雨蒙蒙，你不顶谁顶？

之五

谁能劈破时间
如抽刀断水？

不信：无内与无外同大
而花落与花开同时；
而，后后浪与前前浪
流来流去，总是逝者？

之六

以一粒米为粥,由

来自三世十方

托钵的云水僧

分饱。且一饱

永饱。众饱。信否

善男子善女人

人莫不有父

而父之父之父之父复有父

苍翠凄迷摇曳,然则

遂草色遥看近却无了!

之七

"愿春常在!"

"愿天早生圣哲!"

一句比一句沉挚而哀切:
听！何来坠落的微响
在千山复千山的霜林之外
点滴明灭，如夜归人的叹息

之八

与人无爱亦无嗔:
想来五柳先生笔下所谓的素心人
就是你: 时间了！

风雨不来，连尺高的篱笆也无;
全方位的自在，自由与自主:
飞或沉，醉或醒。除非
除非你偏爱而且坚持，坚持自己
作一名孤儿，以漂泊为怡悦。

之九

永远的人间四月天
一演再演。百千万亿年来
剧情大同小异
只名字悄悄偶而换了
男女主角。

为什么红氍毹前,只有
红氍毹自己一个观众落泪?
诸神默默。四月说
世界原自不甘寂寞来
有一款芳名卷施的细草
尚根拔而心不死。更无论
诸神的女儿四月我,根无心也无

之十

直到最后最后，只剩

一犬一弓一矢

连山也不见了

鹿死谁手？

眉长三尺三寸

寒岩下。无量劫来一直在花雨中

垂垂入定的尊者说：

老衲连看也懒！

二〇〇三年愚人节于新店

按：转载于《蓝星诗学》22号，2005年12月，题《静夜闻落叶声有所思九章——拟 Rainer Maria Rilke 咏时间》，内容相同，惟从"之零"起，因而只有九章。

走总有到的时候

——以顾昔处说等仄声字为韵咏蜗牛

走总有到的时候

你说。与穆罕默德同一鼻孔出气

自霸王椰足下下下处一路

匍匐而上而上而上直到

与顶梢齐高

真难以置信当初是怎样走过来的

不敢回顾,甚至

不敢笑也不敢哭 ——

生怕自己会成为江河,成为

风雨夜无可奈何的抚今追昔

以刺猬为师

> 那伤你至重的，往往也是
> 爱你最深最深的。
> 　才女三毛曾如是说。

不信墙这真理，是颠扑不破
最后且唯一的？

蚯蚓在九泉之下砌墙
鸟在高空，鱼在深海
守宫与面纱
万里与秦始……

寒冷。只有寒冷

从不砌墙。且大大大大

开张其香光散乱之襁褓

召唤雨萍风絮,失魂的

刺猬与刺猬与刺猬的若子若孙:

归去来兮!万方不可以淹兮

错在世界是圆的。

有时只有半圆,只有

半圆之半,甚或

比半圆之半之半还窄

急雨即事

谁说雨不识字,

　　　未解说法?

燠热的午后。好一阵急雨!

也不知打谁的手里眼里来

一时高处高平低处低平

一时所有的沟洫皆满

　　　所有的稻麦皆回黄转绿

而分植于梦里故园庭院两侧

红白二石榴,久久断无消息的

一时灼灼,也豁破了双眸……

信知一滴之湿,可解

百千亿劫之苦之热。谁说

谁说雨不识字,

　　　未解说法?

黑蝴蝶的三段论法

之一

若有刺若无刺若多刺
那玫瑰。以初识痛痒以来
第一滴血铸成:
冻死人不偿命,热死人不偿命
香死人也不偿命的
那玫瑰。要记牢! 你说:
她是要你去爱,去成仙或成灰
而不是要你去阅读去参究与**悟解**的

之二

连衣袖一挥都不一挥
走了走了早该早该走了
　平生四海脚,
　不踏四海泥。
而今而后,你说:
我有不复牵挂此世界
也不为此世界所牵挂的欢喜

之三

几曾闻泰山与一拳石比高
(归去也,手扪星斗行天际)
胜之不武! 你说:
我决不打击
我决不打击一个
一个手里没有武器的人

附跋：一九九九年十月十日，与浮尘子宋颖豪董平商略商禽等多人，驰车赴三峡，礼覃子豪先生之墓。礼毕，众方相辞欲行。如丝细雨中，飙有一黑蝴蝶，大于掌，侧翅倚风，掠余肩三匝，冉冉，向东北角逸去。是日，子豪先生辞世三十五周年忌辰也。所谓三段论法，乃先生生前曾多次侃侃相告语者。二〇〇四年十一月九日于新店。

情是何物?
—— 庄子物语之一

相忘好? 抑或

相煦以沫,相濡以湿好?

泉涸。鱼相与处于热沙

且奋力各扇其尾

大张其口

仰天而喘

远海有涛声吞吐断续如雷吼

贝壳的耳朵直直的,悠然

神往于某一女鬼哀怨之清吟:

  我的来处无人知晓

我的去处万有的归宿

风吹海啸,无人知晓

二〇〇七年三月十一日

八十八岁生日自寿

俱往矣俱往矣

好想顺着来时路往回走

在世界的尽头

结跏趺坐。窅然

入无量百千亿劫于一弹指而不动:

我,犹未诞生!

岩隙中的小黄花

要来的,总是要来的!
因圆果满。应以色香得渡
即现色香而为说法——:

原来威音王如来
蹲在这里已经
已经很久了。

注: 空劫前无佛,威音王为第一尊。

C教授

已经够矮了。只恨不能

再矮再矮再矮一些

矮到项下腹下膝下乃至矮到

矮到无下无下下

大地呼痛。何来

一记重于一记的斧声?

六行

都冷到耳边来了！
欲说不敢甚至
欲听亦不忍 ——：

江南的雨打在江北乃至
打在无量劫前劫后
垂垂的荷叶上。

辑四　出门便是草

有一种鸟或人

有一种鸟或人

老爱把蛋下在别家的巢里:

甚至一不做二不休,干脆

把别家的巢

当作自己的。

而当第二天各大报以头条

以特大字体在第一版堂皇发布之后

我们的上帝连眉头一皱都不皱一皱

只管眼观鼻鼻观心打他的瞌睡 ——

想必也认为这是应该的了!

附白:据说布谷鸟生蛋,不自孵育,而寄养于邻巢;

邻巢之母鸟欣欣然梦梦然，亦不疑其非己出也。

《诗·召南》：维鹊有巢，维鸠居之。

世有赁屋而不付租金，或虽付而微乎微乎其微。此亦人形之鸠耳。惨笑。

二〇〇一年愚人节灯下

偶而

生活里没有偶而,
是挺不好受的 ——
你说。

偶而接到一张喜帖,烫金,印有
花圆月好或春雷动了的喜帖;
偶而一点飞花落入砚池里;偶而
一声温旭如慈母的叮咛
来自北京或洛杉矶;最难得
在深夜,在后阳台或前阳台
当我负手而立,偶而
一缕幽香细细来自天上
或来自住着三朵红茉莉的隔壁

（生活里没有偶而
是不堪忍受的！）

然而然而然而像这样这样
"被卡在电梯里足足两小时
纵然有萧蔷或陆小芬作陪"或
如某士人，唯美的颓废主义者所艳称：
"奈何日。咯一口血
由侍婢柔若无骨的手扶着
到前庭看红芍药"
像这样，这样的偶而
咱可是想也不敢想，真的
想也不敢想。虽然

虽然十分十分难以想象，如果
如果生活里没有偶而

病起 四短句

甲 细雨湿流光
咏春草

谁知野火已烧过多少百千万亿次？
根拔而心不死：
说绿就绿。乃至
无视于春风之归与不归

乙 楼外乍见一叶堕

似我还似非我。在无丝风片云的
高阳台上。隔窗
乍见金色一叶堕

魂兮魂兮秋之魂兮

袅袅，行乎其所不得不行

止乎其所当止兮

丙　读陶归去来辞

依然。松菊与五柳树

依然。室内的琴书，耒耜乃至

五男儿喧沸的笑语

异哉！若我从来不曾离开过这里

我断断不敢置信

我一向属于这里

丁　中元河上

是谁说的？先有细浪

而后有狂风

岁月静好。都因一向愚痴

把它搅混了

夏至前一日于紫藤庐
迟武宣妃久不至

摄氏三十六度。日正中
无蛙鸣,亦无棋子可敲。

窗外绿影婆娑
芭蕉的鬼魂无视于窗玻璃的阻隔
飘然闪入,吐气若兰,说:
梦蝶先生,我可以坐下来么?

仿佛一个又一个小劫流过去了
日影孤悬,向西
依依作淡黄杨柳色

善哉十行

人远天涯远? 若欲相见
即得相见。善哉善哉你说
你心里有绿色
出门便是草。乃至你说
若欲相见,更不劳流萤提灯引路
不须于蕉窗下久立
不须于前庭以玉钗敲砌竹……

若欲相见,只须于悄无人处呼名,乃至
只须于心头一跳一热,微微
微微微微一热一跳一热

附录

我选择

—— 仿波兰女诗人 WissLawa Szymborska 共三十三行

我选择紫色。

我选择早睡早起早出早归。

我选择冷粥,破砚,晴窗:忙人之所闲而闲人之所忙。

我选择非必不得已,一切事,无分巨细,总自己动手。

我选择人一能之己十之,人十能之己百之。

我选择以水为师 ——:高处高平,低处低平。

我选择以草为性命,如卷施,根拔而心不死。

我选择高枕:地牛动时,亦欣然与之俱动。

我选择岁月静好,猕猴亦知吃菓子拜树头。

我选择读其书诵其诗,而不必识其人。

我选择不妨有佳篇而无佳句。

我选择好风如水,有不速之客一人来。

我选择轴心,而不漠视旋转。

我选择春江水暖,竹外桃花三两枝。

我选择渐行渐远,渐与夕阳山外山外山为一,而曾未偏离足下一毫末。

我选择电话亭:多少是非恩怨,虽经于耳,不入于心。

我选择鸡未生蛋,蛋未生鸡,第一最初威音王如来未降迹。

我选择江欲其怒,涧欲其清,路欲其直,人欲其好德如好色。

我选择无事一念不生,有事一心不乱。

我选择迅雷不及掩耳。

我选择持箸挥毫捉刀与亲友言别时互握而外,都使用左手。

我选择元宵有雪,中秋无月;情人百年三万六千日,只六千日好合。

我选择寂静。铿然! 如一毫秋蚊之睫之坠落,万方皆惊。

我选择割骨还父割肉还母,割一切忧思怨乱还诸天地;而自处于冥漠,无所有不可得。

我选择用巧不如用拙,用强不如用弱。

我选择杀而不怒。

我选择例外。如闰月;如生而能言;如深树中见一颗樱桃尚在;如人呕尽一生心血只有一句诗为后世所传诵:枫落吴江冷。……

我选择牢记不如淡墨。(先慈语)

我选择稳坐钓鱼台,看他风浪起。(先祖母语)

我选择热胀冷缩,如铁轨与铁轨之不离不即。

我选择行乎其所不得不行,而止乎其所当止。

我选择最后一人成究竟觉

我选择不选择。

有一种鸟或人

遥寄张巧居士香江
—— 试为诗偈四言一十二韵。兼示道普。

我何人斯？颠倒梦想；

如蚕在茧，如鸟在网。

西方有佛，智悲深广；

随缘赴感，如影如响。

若有众生，高山仰止

或称其名，或观或想；

一念相应，不起于坐

端严妙好，三十二相；

光亦无量，寿亦无量。

今日之海，昨日之浪。

金台接引，莲华供养；

生则定生,往则不往。

二〇〇四年十一月十一日

风耳楼逸稿

无题

一朵憔悴的心花,

夜夜飘绕在你窗下;

不为偷吻你的绮梦,

只为听一两声木屐儿滴落……

1953.10.17①

---

① 此辑与"诗词补"中落款日期均为发表时间。——编者注

水牛晚浴

头角昂然在水面上矗立着,
乌亮的眼珠儿静静扑闪着;
夕阳飞一个长吻给它,
羞得它诚实的脸一片绯红。

它慢腾腾的翻个身儿,
波浪卷挟着泥草
在它身旁拥拥挤挤的流走了,
它肩头一些儿疲倦也流走了。

1954.3.16

蜗牛

大鹏

在没遮拦的天空纵横驰骤,

丝毫不用愁虑

天檐会挠折它的翎翮。

我没一飞冲天的鹏翼,

只扬起沉默忐忑的触角

一分一寸忍耐的向前挪走:

我是蜗牛。

1954.5.27

工作

工作——

把一个个名为

"风雨夜之朝霞"的朋友,

介绍到我的生命里来。

一直在我心帏深处宿着

挥不去的寂寞的恋人,

也不说一声再见

便匆匆隐入昨夜灰色的浓雾中了。

1954.6.21

无题

当我初离天国，泣别上帝
他赠我一小盒玫瑰花酿成的糖蜜；
他边柔抚着我软稀的短发
边用睿智的微笑再四叮咛诰诫：

"这是我给你的幸福里的幸福！
一滴一滴慢慢慢慢儿啜饮，
且莫在一夜里一口气把它吞尽。"

1954.6.21

灌溉

"好!"

所有打这儿走过的人都说;

笑指着一畦

绿云摇曳的葱发。

有谁看见——

在世界都睡了的夜夜

那双战兢兢的转运着

长把子铁瓢的瘦瘦的手臂?

1954.6.21

今天

昨天是葬了的情人的名字,

明天是开花在来世里的蔷薇;

只有今天,这老实的村姑!

才是同你做着一个梦儿的爱妻。

今天是同你做着一个梦儿的爱妻,

她把孕满忍耐与期待的眼凝视着你

把默默燃烧的温柔的心打开来容纳你⋯⋯

你,缘何依然:梦幻朝霞,缱绻昨夜?

1954.7.27

露宿 二首

（一）

仿佛这世界只剩我一个人了。
我欹睡着
以镶满水银珠颗的露野为床
以缀满璀璨的小银花无顶的蓝空为帐。

我的梦是高远的，
我的梦的航路却更高，更远 ——
不再跂想拥抱中天的满月
我只要一吻月亮侧边
那一点如蕊的寒星。

(二)

从辽阔而幽邃的梦境里

一张开眼

朝暾已蹲躞在我的枕边,

把它洋溢着母亲温熙的笑的脸

柔柔的偎贴着我的。

"你是个勇敢的孩子

别忘了:在每一个新生的日子……"

我霍的从草蓆上跳起来

刹那间,这世界和我

都给弥天希望的金色熏醉了。

1954.10

幸福者

你是幸福者 ——
你醉眼朦胧,
把世界紧紧偎抱着
像死吻最后一瓣飞花的春蝶。

我说世界是盲女,
她长着满脸的雀斑;
你却眩醉她于暴风雨的浓情,
说雀斑是奇特的美的妆点。

你醉眼朦胧,
把世界紧紧偎抱着
像死吻最后一瓣飞花的春蝶:

你是幸福者!

1954.11.4

永恒的微笑

我担心太阳会结冰,

我担心地球会碎裂,

我担心星月光华褪敛

百灵鸟不再歌唱

万红千紫一道儿走向死灭……

—— 假如没有她的微笑。

我担着这颗心儿,

在自己铸造的地狱里踯躅战栗;

直到昨夜,我从梦中笑醒 ——

我听见灵思对我的忧郁说:

"既然她最初的微笑孵育了太阳

她还会孵出太阳无数……"

1954.11.13

诉
—— 为李一鸣王得和两烈士作

你们斩断了我的脚,

你们斩不断我的"行动":

你们挖掉我的双眼

挖不掉我眦裂的愤怒。

我吞咬着我全灵魂的苦渴,

听海风呜呜掠天号悲;

我谆谆督催拥随着我的浪潮:

"快载送我到同胞眼里!"

1955.2.20

绳索

一根黏香的看不见的绳索,
把你我的心轻轻而又紧紧的拴牢;
你我将永永远远不得解脱 ——
也许从来不曾想到解脱。

墓地里有哲人吞吐的解答,
佛的幽灵也在菩提树下哭泣;
我欲抓住过往未来大声喝问:
"上天下地,谁是觉者!"

1955.2

晓起

黎明摇着冷冷的大风扇,

把昨夜雾的忧愁的梦影赶走了,

面对微云、澹月、疏星,

我的心涌起一天虹笑

1955.3.31

石头人语

我凝笑着,歆立于"没遮拦"的屋角
以意志的尖刀默默刻写着"明日";

我纵马跃上花影绰约悬崖的最高处,
在播散销魂的迷香的边缘把缰儿勒住。

1955.7.1

火箭

我仿佛看见一枝火箭

一枝从人性的庄严里发出的火箭

穿过赤练蛇的长夜

射向海阔天空鱼跃鸢飞的明天

1955.7.1

咏蝶

你的生命只是一个"痴",
你的宇宙只有一个"爱";
你前生定是殉情的罗蜜欧,
错认百花皆朱丽叶之灵魄。

最后的一瓣冷红殒落了,
你的宇宙也随着给葬埋;
秋雨秋风做了你的香冢,
可有朵朵花魂为你吊睐?

1955.8.11

如果

如果我有泼云的墨

如果我有掣雷握电的手

如果我有烧炼一切凡俗为神奇的才情如虹如电

我将写一首天样大的诗

1955.10

发觉

昨夜,我又梦见我赤裸裸的
沐浴在上帝金灿的光雨里
四体皎洁洞明如水晶
手捻一枝清露盈盈的红梅。

醒来朝阳抹上一窗春意,
我像被吸引似的飘向十字街头 ——
啊,我的眼睛突然闪亮了
我发觉这儿缤纷如织的人群全变了样

他们仿佛都变成了婴儿,
脸上飞满迎春花天真的微笑;
他们的心曝露着,

像一群把胸扉打开酣饮天风暖日的贝壳。

1956.3

生命之歌

你的左手绾着"过去"

你的右手抓紧"未来"

你的目光如电刺醒寂寞

照亮永恒 —— 飞驰的静止的"现在"

一千年、一万年、一亿年……

终于，世界末日到了

天崩、海焦、星灭……

白漠漠的一片虚静弥漫着无极

上帝僵立着，冷泪满颊

"我在这里！"

你霹雳般笑着自上帝背后闪出

烧一脸夏日第一朵玫瑰的奇迹

照亮永恒，你的目光如电

刺醒寂寞 —— 没有故事以前的长夜

左手绾着"过去"

右手抓紧"未来"……

1956.1

四行 四首[①]
——答赠海上高噱云中尉

(一)

是仰天长啸的好所在!
面对开向"无限的无限"的天窗
看浩浩漭漭"去也不曾去,住也不曾住"的
时间的云涛环侍我下

(二)

把忧怯割绝,狂骄斩碎!

[①] 其四即《孤独国》之《梦》,不赘录。——编者注

以朝圣者拈香的手

为自己披挂起

满心萧萧悲风皎皎白日

（三）

你该努力细细嚼饮那药酒

（饮时勿忘把你的微笑和入）

那是上帝为他的独生子加意铸炼的

那风沙

1956.5.29

独语

太久了，太久了，你一直在
褊枯黑湿里咬蚀你自己的影子！
说"最坚强，是最孤独的"
说"世界是沙漠，极目望不见一点绿……"

青山没有脚，
阳光的金吻飞不进你紧锁的铁窗；
你不愿一探手触醒你的钥匙？
到十字街头把你的梦竖起来？

1957.3

鸟

你轻唱着欢悦的心

像胆怯的小鸟

栖得稳么

当心那没有方向的风的忧郁

1957.3

萤

我是一蕊飘闪着微光的思想的灯

在"众人皆醉"的浑沌里照亮自己

太阳是太阳,月亮是月亮

我是我

1957.3

我愿做一朵黄花 ①

我愿做一朵黄花,

幽幽的开在烈士的坟头;

夜夜夜夜为英灵的安息默祷,

披一天苍凉晶莹的星露。

我愿做一朵黄花,

幽幽的开在烈士的坟头;

拥抱霁月光风烈士英发的微笑,

更深深吻舐浸染碧血的芳香泥土。

我愿做一朵黄花,

---

① 1971 年 4 月再次发表时缩为三节,且改题《一朵黄花》。——编者注

幽幽的开在烈士的坟头；

听魍魅魍魉雷雨夜钦感的歌哭，

看缕缕如虹浩气直上斗牛。

我愿做一朵黄花，

幽幽的开在烈士的坟头；

纵使霜重、风恶、梗断、香灭，

花灵亦永不离英灵之左右。

1957.3.30

无题

凋枯了这么久而又久的

刹那间，我槁木的心

给丛蕊叠瓣的遐想开满了

让我带着你眼角的一抹虹

到地狱深处去跳舞吧

纵然大地已给红紫烧遍

1957.4.29

雾

当百鸟的喉舌

为呼唤黎明,而痖涩着的时候

当万草与千花,为迎接黎明

以繁香与喜泪,瀼瀼,铺满大地的时候,

当悲风挟着怒涛,挟着远梦

长啸着飞猛的扑向黎明的时候……

你,懦怯苍白的幽灵!

幽幽的,来了

不曾留上半个脚印,

幽幽的又去了。

1957.6.28

挽诗

夜夜，我在"过去"的山冈上
踝躞，踏破荒秽狼藉的榛莽；

没有一丝风，一抹虹，一影蝶
只有熟稔的孤寂和我相视沉默。

一块断碑把我如梦的脚步绊醒，
我蹲俯审视，摩挲爬搔，辨认
锈埋在厚厚的时间的苍苔下断残的字迹，
一首仿佛亚波罗的泪光凝射而成的挽诗：

"你又何必这般苦苦的抱着它呢？
也许它早已蜕化为一丛兰叶

或一捻蝴蝶翅上猩红的粉灰了。

而你的泪滴也永远滴不醒他的宽恕!
你能想象茑萝、菟丝、或杜鹃花魂
也会忆恋你,并衔感你泪的祭洒!

割掉你那死缠绵的赤练蛇的回忆吧!
为什么硬要那么痴痴的抱着它呢?
晓风和晴云守候招唤你已是太久了。"

            1957.12.20

拥抱 ①

我仰卧在阳光铺满的草坪上，

张开眼，是一片碧纱笼罩的海。

我把我情感之窗打得开开的 ——

（如一无限圆的"不设防城市"）

让鸟儿飞进来，

让风儿飞进来，

让云儿飞进来，

让无限温馨旖旎的春之私语飞进来……

1958.4.20

---

① 《皈依》改写。——编者注

结

"水做的"和"泥做的"两条虚线

搭叠着,绞缠着……

浑沌 —— 吃吃地笑了

"谁是这两条虚线最初的点画者呢?"

浑沌笑得更圆澈了

眉梢扬起双虹酩酊的哨……

1959.1.13

水龙头

时间
给囚钉在石壁上了!
他的头颈倒垂着
以普罗密修士痉挛的俯瞰之姿。

"寂寞呀
生了藓苔的爱底寂寞呀……"
他底独眼涔涔斟着悲悯
斟着满腔葡萄紫的夏、樱桃红的春
斟向盲聋,斟向锈朽的苍白的聪明

斟向合欢花之秾艳与凋残
　　向日葵之笑与叹息

斟向企鹅，斟向鸵鸟

斟向眼睛长在头发梢上的霸王椰

以及，无数无数温柔的

昨日与昨日与昨日之死……

1959.4.10

落花梦

适才还在姊妹们灼灼的笑声里坐着
猛回头,却只剩我自己底笑声了!

荆棘以尖锐的温柔搀扶我;
直到我从眩晕与疾蹙中苏醒
才知道:我是一闪落魄的春天底陨星。

失去了笑的,最懂得笑底珍奇!
酿所有红紫底精英为一川明艳,也敌不过
孪生在我灼灼的记忆里的一瞬美。

为什么?这美底恩宠,和我底福祉
竟奇短如此!教我忍不住要诅咒

造化底诡谲与严酷！诅咒自己

不是杜宇，唤不回春之脚步
而又不是霜神，能于一夜之间
泼笑与泪，爱与别离为一片冷白……

然而荆棘，我底拄杖，说
"不不！你本是虚空，我也是
这偶然的因缘，似媒定于必然底赤绳；

不不！也许明天底明天
你将穿戴起我底叱咤与尖锐
而我居然娟好 —— 仿佛今天的你；

不不！也许我还是我，你是衔结着
我底肋骨的禁果 —— 或者，你还是你
一枝娇贵，由我轻轻扶起，以翡翠的萼叶

不不！也许我俩将同时化为

两颗星、两株树,或一双蝴蝶

以眼色、以根须、以粉香底薰拂

将彼此哑默而奥秘的消息传递,

而且对现在,对将来底过去

记忆犹新! 日月轮转,时光老去

而你我底感应依然敏锐! 且能

以每秒绕地球三周的手臂

以无所在,无所不在的舌唇

隔着九万九千九百九十九个世纪

接谈 —— 交换一些痛痒、一些颤抖、一些热

邀来盘古、女娲、伏羲、牛顿、罗蜜欧与朱丽
  叶……"

哦哦,多么奇幻而不可思议

这无穷无尽的呢喃! 圆澈的梦

可能而不可能,不可能而可能的 ……

一只黄鹂打我坐着的枝梢跃起,

我一震 —— 拄杖失落了,呢喃休止了

左右后前拥来一阵缤纷 ——

是姊妹们窃窃的笑声。

          1959.6.10

海上

　　海上有好蜻者，日从蜻游，蜻之至者以百数，前后左右尽蜻也。其父曰："闻蜻皆与汝狎，捉而来，吾将玩之。"明日之海上，而蜻无至者矣。

——《吕氏春秋》

一株没有影子的
向日葵底尸体兀立着
投无数期待，无数祝祷与贪切
向天边，向海平线外
每一寸蓝，搜索并盈盈招唤
那昔日

(一个两足两手的

天真的灵魂,和九百九十九个

六足四翅的天真的灵魂

遇面了。而且倾谈,而且酣舞、轰饮

以沉默与沉默,以凝视与凝视

以许多一个,和一个许多微笑……)

而昔日(忧愁一般美丽!)

在昔日与昔日与昔日底阴影深处假寐 ——

天与海孤绝地偎抱着

(昊杳与浩渺偎抱着)

一只白鸥破空飞来

向似嗔似笑的浪花劫一串白吻

又飙然远了……

暝色垂垂

给绝望漂白了的寒冷垂垂

终于,我匍匐下来 —— 匍匐在

另一个"我"底脚下;匍匐在

曾经开放过奇迹的昔日底沙滩上 ——

把颜面深深地深深地葬下去

把羞惭葬下去……

　　　　　　　　　　　　　　　1959.6

季

三月

赤贫窜入我嘶喊着的酒瓶里了
我曾经豪华过！如石崇
拥有许许多多颜色

三月。这酽醇而老辣的
使人喉管发炎的美！我欲鲸饮
一口吸尽九十万斛阳光底笑
和九千九百万吨湖山底轻颦

天旋地转，眩晕爬上神经末梢
——而我才只有三分醉

寄语杜鹃：别来杀风景

还有，啄木鸟不管人痒痛的唠叨

糟粕已堆得三月那样高

红拂已私奔，绿珠底幽怨碎作

瓣瓣香泥，让燕子一口口衔去……

五月

五月

萎落了！还没来得及

爆一蕊红蕾；还没来得及一偷吻

普罗密修士底手指。

每一扇晕黄的窗帘里

都有一盏五月点着；为什么我底温馨

总押在命运底大而孤独的一面？

"发光吧！"

那自虚空浑沌中升起的

第一句霹雳哪里去了?

密尔顿底双眼为什么瞎了?

我不敢引五月作证,说

凡燃烧的必归冥灭;甚至也不敢想:

上帝为什么要造火?

          1959.7.10

垂钓者
—— 一株岸柳底旁白

荼蘼花开了！贵族们又在水底
窃窃私语了！说"水上底风景已成熟……"

为什么他底眼色，和叠合于我底影子里的
他底影子……一直是那么黑？

为什么他底鱼篓，一直那么痴痴地
瞪着眼睛？像是看云，又不像看云……

一闪天外飞来的喜悦跃上他底眉梢
钓竿起处 —— 赫然一条晚霞底金色！

我从我底根须深处织着忧愁 ——

想钓一个帝国？ 就凭这空钩？

七月赶着八月，赶着九月 …… 辘辘驰来

他底肩头乃落满我尖而黄的叹息

叹息叹息着，幽幽幽幽自肩头跌落了

—— 我知道我底忧愁认错了门了

谁知道：在相见与不相见之间距离多少？

当荼蘼花开时；当我底青眼再度舒展时。

1959.9.10

枕石

枕着过去 —— 听巉岩
冷涩而黑的耳语
一出风化了的女娲底传奇。

我是三万六千五百零一块之外的
一块顽石 —— 赤裸的浪子
今夜匍匐着回家了！回向
浑璞，回向空无而不空无的空无。

而时间底最小的女儿，名为刹那的
暗恋我，掖引我底跛脚的灵魂
跨越这高寒，与她合饮一卮静默。

静默：我擎持着的，该不是个漏卮吧！

我私忖着 —— 拂落满眼洋溢的忧愁

看白云向东流

 星星向西流……

1959.9.15

十月

奢侈怎样固执地偏爱着我啊
居然一年我有两次春天

第一阵寒流犹未去远
第二阵台风又冷森森地
扑过来了；泼辣的温柔啊！

过来的人们说，命运是一叠牌
一叶叶地穿插着快乐与悲哀
你若愿，你将遇着
你若不，你仍须遇着

一如昼之追逐着夜

夜之偎傍着冷黑

一如冬之后有春

　　夏与秋之后仍是春

一如那离绝,那不可抗拒的"必"……

1959.10.23

七月

暴风雨磨洗后的七月啊
淡淡的,蓝蓝的,软软的。

一条小斑蛇衔来
软软的静与软软的清凉
又软软地游去了

今夕何夕?
风软软,银河底水波软软
多少期待? 多少带泪的吻和笑
一夜成熟,又一夜流失了

真的就没有一根绳索能拉近

那距离 —— 能套住一颗晚熟的

秋天？ 参商与参商软软地对泣着。

一声轻唱！ 七月

迅疾地将自己沉入淡而软的蓝色

1959.11.10

九月

许久没有访问南山了,
那浓浓的冷香该已将东篱染黄了吧?

这儿底高旷是我底笠屐画出来的 ——
我鉴赏这儿底风,
这儿底风鉴赏我飘飘的衣襟。

种五十亩酒谷
再种五十亩酒谷
再加上三日一风,五日一雨
我底忧愁们将终年相视而笑了!

当岁之余。当日之余。当晴之余

便伴着一身轻,到山海经里

无弦琴边……和大化,或自己密谈去!

有时也向迟归的云问桃花源底消息

而昏鸦聒噪着,投入暝暝的深林里了……

          1960.1.10

十一月 ①

还不到美最时

你底心已经灿灿地裂成五瓣了!

是向包围你的寒冷挑战么?

后者底白幡已纷纷竖起而又倒下了。

我愿在距离与距离之外

瞻视你底酰郁,呼吸你底峭洁

且录听你眸子里火与冰铁相撞击的回声……

如果一觉醒来我变成雪人了,

---

① 又刊于1960年9月1日《笔汇》革新号二卷二期,有所改动,另附于后。——编者注

在渐消渐瘦的泪光中你仍将读到

那辐射着的,你晶圆而多角的影

1960.2.10

附:《笔汇》革新号二卷二期所载《十一月》

十一月

还不到美最时

你底心已经灿灿地裂成五瓣了!

是向凝寒与孤清挑战么?

月魄与霜魂已将秘密泄漏给方塘了。

我愿在距离与距离之外

瞻视你底秾郁,呼吸你底峭洁

且录听你眸子里火与冰铁相撞击的回声……

如果一觉醒来我变成雪人了

在渐消渐瘦的泪光中,你将读到

一树垂垂着桃色的云的明日熟了。

山中一夕

包孕在黑暗里,犹如
一粒珠包孕在蚌壳里 ——
我的灵魂成熟着
成熟着圆,成熟着晶莹。

只要你举手轻轻一弹
便有黑暗的碎片纷纷散落
便有满天星光,满壑云梦,满林叶语
从指点处,涓涓流出。

而我一向就驻在这里
刹那一般真实!石中,水上
花间,草底 …… 随处都有我的踪迹。

千年一醒。那自无边敲来的

风吼,和恶浪般断续起伏的

狼吼:是我的闹钟。

1960.2.20

八月

再也拼不圆了！月亮

当你归去，在环游太阳一周之后。

铁色的单轨伸向无尽穷

和影子竞走？自西之东，自西之东。

当不曾亲过泥土的鞋底，软软地

蹑过你底苍白，而且颤栗；

当谁家庭树上有宿鸟飞起

一片虚惊自黑暗最深深处泛开 ——

你曾否听见切线们底呼唤？

呼唤你圆心最外最远的一边的一点……

手臂依然在肩膀上悬挂着

除了你,只有星星与露珠是醒者!

1960.3.10

十三月

苍白又渐渐地聚拢了

风波圆定时。你底影子

又在你底破灭之外展笑着

诱引着你底昵近

　　你底再一度破灭与沉沦。

谁俯吻着谁?

谁是谁底自己?

一缟风,一撮土,火与水相黏合

铸成你:飘忽的偶然,断残与陌生。

又是错觉满天飞的

十三月。蝙蝠与陨星群齐染上了色盲;

在水镜之下,在水镜之上

有人正以自己雕塑自己

　　正为一尊苍白底反射又反射而颤栗。

没有半滴鸟语从天下投落!

芦苇与十字星以长长的笑照亮

囚禁你的瞳孔底褊黑,指点你

怎样无须翅膀也可以越狱!

1960.4.10

附注: 美少年纳色斯,喜临流照影,顾盼自怜,后
　　　竟憔悴死。见希腊神话。

梅雨季 ①

梅雨季已远了！潭水犹淫淫

浮涨着绿，浮涨着滑，和酸

浮涨着一些无根的热梦，和

灰烬了的古希腊烧城的火影。

一尾匕首般银亮的小花鱼

从五月底寒冷深深处窜出来

世界沸腾了。好多的扈从！

 一个个全罗蜜欧般苍白

 且穿维特穿过的那种礼服

 争抢着前者偶而抛来的一粒回顾……

---

① 以笔名"谢因"发表。——编者注

而疯狂泛滥着,在绿与滑与酸之间。

匕首已沉落,奥菲丽亚已葬

没有谁知道威尼斯城下水深多少?

六月幽幽流着,苦笑粼粼地展开着:

逝者啊! 为什么"曾经"不能成为"曾未"?

1960.4.30

十一月

五月
复活了！如拿撒烈人
把殷红的过剩的笑
涂抹在十一月兀突的枝头上。

所有的寒冷都张大了眼睛
都软铁般默默
吸向你。甚至运命
那老鸦底黑瞳也濡湿着喜色！

而你底笑是无所为而不得不的！
火种在你冰封的血轮中旋转着
在十一月。你是属于问你要汗衫

便把皮外套也剥下来的那种植物。

谁能无视于这季节的苍白?
谁知道第一颗春雷藏在哪边?
昏月下。你底香光咄咄涌溅着
自聚咸的喉管。

1960.5.20

一月

水做的和泥做的

两条虚线搭叠着，咬缠着

浑沌判然地笑了。①

（你知道这笑声已埋伏多久了？）

再听一听无终的过去

再揣一揣无始的未来

最枯窘！是似动非动，若醒若醉的现在。

（浑沌底眼皮又垂垂地阖上了。）

---

① 第一节即《结》一诗之前半。——编者注

总觉着有什么要发生

冥冥中！浑沌一阵心血沸热

预告着自己将开始某种神秘的分裂。

（可能与不可能争论着，汹涌而瞑默！）

终于，浑沌判然地笑了

在雷轰电掣中；它瞥见自己

已一而二二而一地咬缠在一起了。

1960.5

六月

把赤裸的温柔,龟裂的石榴似的

吐向你;像与丹枫同命的夏娃

把最后一片树叶撕下

在泪尽的第十二夜。

是的,你是云!生了锈的

你是株守着山,从未呼吸过海的云;

虽然你底胡须虬乱如海藻

冷光闪闪,你和鳕鱼共着一种眼色。

见鬼,你简直比火柴还瘦!

　你底那些诺言都吃到哪里去了?

我仿佛在教堂底米库里见过你,

在《屋顶上的猫》油渍的一百零一页。

见鬼,仿佛谁欠你一磅肉似的
　仿佛末日就坐在你眼前似的;
仿佛天国底门全为你锁着
而你催不快你胯下的骆驼。

聪明些,不要管我在哪里生根?
你知道:一切是云! 云是一切——
你若愿,你自有你底;
你若不,你仍是你底。

谁晓得,为什么我还爱脸红?
六月已凋谢,霜重露繁
我是早已早已忘记
我是什么颜色。

1960.9.10

剃

把杀戮交给秋,
  不朽留给自己;
谁能黑白谁底黑白
  而长短谁底短长呢?

我底发,
是神所聚居的渊面的
光!有十字架的香味,和
缘着明日、攀升复攀升的
恐怖的欢喜。

八万四千三百九十六根
多黑多稠的等待!

等待你挟漫天风雨来

再为我酿造一次复活

像以左右颊为武器的那人所承受的。

收获节。悲哀如飞蝗

向每一首浩瀚的新绿试刃；

而摩娜丽莎翘着微笑

一夜之间她底唇角披满春草。

1960.12.10

无题

以木槿花瓣,在雪地上
砌你底名字。忆念是遥远
忆念是病蜗牛的触角,忐忑地
探向不可知的距离外的距离。

幽幽地,你去了
一如你幽幽地来
仍远山遮覆着远水
仍运命是一重重揭不开的面纱……

谁教我是这样的我
谁教你是这样的你
我们在一册石头里相顾错愕

一如但丁与琵特丽丝的初识。

你说,你底心病着
你需要一帖海鸥与浪花的药 ——
是的,我已久久不再梦着飞了
在萧萧之上,我照见我底翅膀是蓝色。

1961.3.1

守墓者

只须一声长吼
所有的山鬼,都哗啸着
掷跳着 …… 纷纷朝我围拢过来
赤裸着身体,脚下不沾露水。

千百只眼睛仦仦伣伣地
绕视着我 —— 那瞳孔多绿啊
我横扫了一瞥 —— 雀鸦无声
一篇霹雳般沉默的说法
自我眉际汩汩溢出。

刹那与刹那灼灼地笑了
"这不是灵山是哪儿呢?"

它们以肌肤切切私语着

颤栗于彼此血脉底暖热

环立的群山巍巍地把回声投过来

张在宿草头上的眼睛张得更大了

万籁齐发 —— 我底声影立地遁灭

群鬼星散。天眼开。日出。

1961.3.11

死亡的邂逅

一步一涟漪。你翩跹着
踏浪花千叠的冷冷来
来赴一个密约
一个凄绝美绝的假期

昨日你是鳕鱼
戏嬉于无日亦无风的千浔下
戏嬉于无日亦无风的千浔下
我也是的。在昨日
在偶然与必然的一瞥间
我们相遇,相响而又相忘
面对着一切网

面对着一切网。虽然网开四面

且闪着比夜还柔的眼

—— 这似疏而密的经纬

以你我底影子织成的 ——

在茫茫之上，茫茫之外

我们相忘。相忆而又相寻

我们毕竟相遇。在明日

在文着绿藻与珊瑚树的盘中

我们毕竟相遇。是的

当你回过脸来

以恍如隔世的空茫凝睇我

1962.6.10

附注: 鳕鱼，雪肤细鳞，长三尺许;性拗强，耽寒冷，常潜匿深海岩礁间;每乘兴独游，辄逆流而上。

又: 庄子:"相呴以湿，相濡以沫，不如相忘于江湖。"

红与黑

"微雨湿丁香。楼上。奥芬。"

总不会是在梦中
这香笺上明明白白写着的。
倚着大理石阶,以手支额
混混茫茫地,你想 ——

去? 还是不?
满船的忧患能否抵得一勺的甜蜜?
夜很滑。很窄。很陡
你该怎样把那张扶梯
移向有红窗帘遮着的那边?

云一样乱,丝一样皱的

你底追忆。多远啊

犹记去年今日时

影子比着影子,穿过长巷

穿过酒酿饼与韭花香对流的街角

多远啊! 那池畔的偶立

餐桌下忐忑的互握。多远啊

曾几何时,一把飞来的匕首

(含沙的舌唇似的)

夺去你底恩,伊底眷顾……

苦剧? 还是闹剧?

日月光下有没有新事?

难道冥冥与冥冥中真有所谓因果?

你若愿,你将遇着

你若不,你仍须遇着……

隐约有笑声吃吃的自露草中透出

风已沉睡，鼠齿草与十字花已沉睡。

为什么不赋与你思想以手足？

为什么不？既然福泽已选择了你

既然伊人底心正为等待而滴血……

明日啊，至于明日

谁知道？也许是桃色云

（假如那位软心的伯爵夫人……）

谁知道？也许是镣铐与铁窗

冷眼与冷指，断头台，千人冢……

就这样。这一个你的思想谋杀着

另一个你底。谁非谁是？

你在左耳右耳之间呻吟，流连

直到眉发为沉沉的雾露打湿

晓钟轰鸣。宿鸟飞。日出。

1964.4.15

手

于是那夜,那记忆
便沉郁激越得有如一张睡着的琴
众弦俱寂。在入耳摧心的刹那
是谁底冷冷的手
拨响满天泼墨的雪意?

铿鸣着山的我钟的你的日子。
一朵玫瑰死后,所有的夏日都消亡了。
来得最早,而去得最迟
盲目的,宿命的那悲哀
醒自众神默默的子夜,之后
又背着太阳,长日与我相对。

由岩之峙到波之回

由麋鹿之惊而却走

到霹雳之静默 ——

路是如此飘渺、陡峭、多歧而又

无剑可按无泪可挥

何日是了？月在天梢

庄周梦里的蝴蝶？ 蝴蝶梦里的庄周？

当时间已朽而记忆不灭

是谁底冷冷的手冷冷地探过来

冷冷地扼着我底咽喉。

1964.12.1

女侍

钩着头,垂着双手
疲倦如一扇不可抗拒的固执的夜,悄悄
掩入,掩入
伴着一声长而幽微的叹息。

再大也不会大过十九,
就这样风信子似的
到多尘的城市
来吃生活了!
而且居然懂得如何生气而不气人
如何笑,而不浪费太多的牙齿;
甚至懂得,把茶盘擎得高高
似乎要狠狠狠狠地劈下来

(教人万分担心的)

而终于,轻轻点在

那人的鼻尖上。

"至少已经有三个月了。"

指着伊的很玛丽亚的小腹

秋千般闪笑着

他的眼睛是没有星期天的

饮菊花而不知菊花味的那男子。

1965.6.7

四句偈

一只萤火虫,将世界
从黑海里捞起——

只要眼前有萤火虫半只,我你
就没有痛哭和自缢的权利

1965.12.15

走在雨中

走在雨中

臂里挟着一把菊色雨伞

为了不让伞被淋湿

他宁愿忍着 —— 不听

打在伞上,宛如

打在蕉叶上的

幽微,而令人心跳的雨声

许久不曾有过这份渴望了

雨和街衢和灯影和行色和寥寂

仍和旧时一样 ——

是我畏惧着欢乐

抑欢乐曲意体恤我的柔弱

面对永远没有表情的夜

蓦然,他把掌中的伞

秋葵一般

张开而且扬起

1971.4.1

秋 兴
—— 催成二十二行

抚着动不动就隐隐作痛的横断面
（水成岩，还是火成岩？）
想着昨天。在地层下眨着小眼睛的昨天
无端已青青如盖的昨天
任教雀鸟坐湾了枝桠从不一攒眉头的昨天
唉！怕是再也，再也不能回来了。

高莫高于自己为自己铸造的牢狱！
欲奋垂天之云翼
作九万里之一抟
风声才动
已铁寒侵骨。

想渺渺烟波老处，太白星影下

许或有谁正挥洒石破天惊的大壁画 ——

自无尽藏磅礴的心里幻出

万水千山络绎辐辏着

奔来他的腕底。啊

那是一道光，一巨灵之巨掌……

曾奢想最好一绝再绝绝到不剩一毫一忽一末

在知了的空肚子里圆寂。却被脐下今夜

只有秋天自己才能听得见的一声短叹催醒，他说：

饮霜露如饮醍醐，

枫叶不是等闲红起来的！

1974.11.11

蜗牛与武侯椰（附跋）

想必自隆中对以前就开始

一直爬到后出师表之后

才爬得那么高吧

羽扇纶巾的风

吹拂着伊澹泊宁静的廿七岁，以及

由是感激

而鞠躬尽瘁

而死而后已的轮迹

不可及的智兼更更不可及的愚

—— 这双角

指挥若定的

信否？ 这锦江的春色

这无限好的

三分之一的天空

吓，不全仗着伊

而巍巍复巍巍的撑起？

再上，便驰骋日月了

为一顾再顾三顾

而四出五出六出？

悠悠此心，此行藏此苦节

除了猿鸟，除了五丈原的更柝

更有谁识得！

附跋： 余所住外双溪公寓大楼门口多花木。一日新雨后，见一蜗牛匍匐于丈余高之椰树之巅。一时神思飞动，颇为其忍力所惊。因忆十多年前于武昌街，曾与陈少聪、殷允芃说及：古今之成大事业者，必兼具智仁勇三德。而仁与勇之极度发挥，时或近于愚焉。因戏以武侯名此椰。赞椰树也，亦所以美蜗牛耳。一九八七年九月廿八日追记于永和。①

---

① 2003年12月21日再次发表时署"二〇〇三年十一月五日追记于新店"。——编者注

诗词补

一得之愚

△ 生命是瀑布，是飞鹰，是奔雷，是张满的弓，是离弦的箭。

△ 天堂的路是从地狱的最下一层走起的。

△ 上帝赋予我两只眼睛，教我用一只看人，一只看自己。

△ 别人只能在你快要爬上山顶时拉你一把；他没有从山脚下一直把你驼上去的义务。

△ 世人皆笑，我不妨独哭；世人皆哭，我何忍独笑？

△ 我为爱春天而更爱冬天。

1952.8.20

游三地门 ①
—— 答大冶三首

（一）

目莲僧在地狱里找见了母亲

我在这里找见了"故乡的发辫"

忧忧的去，甜甜的回

膨胀着一肚子的饥渴

膨胀着一肚子如梦的欣喜

---

① 根据曹介直先生记载（《沧海遗珠——梦公最早作品》），此作约完成于 1953 年某月日，宜属周公最早新诗作品。同年 5 月、10 月分别有《皈依》《无题》发表。换言之，周公以五首作品在台湾诗坛初试啼声。——编者注

瀑声，桥影，不加修剪的山姑的笑
小了，淡了，远了……

眼下只剩我手里"这瓣谷穗子"
——这瓣和你我家里一模一样的
我频频而又深深的抚弄着，吻嗅着

（二）

话，说完了！事，做尽了！路，走绝了！
我危立在时间与空间悬崖的最后的边缘上

今天，我是一条死蛇，苍白，寂哑
在你十字架绿荫的覆翼下蜷曲蛰睡
明天我将化为一羽鹃魂，和悲风怨涛
夜夜呼唤你于斯培西阿的海滨

(三)

断折了的手臂

又举起

断折了的钓竿

从那里飞来

这般神异的

使死蛇为之抬眼凝听吐舌微笑的忧郁的魔笛?

夜雨

挟带一张古旧的小琴弦

您又一次来造访了

山中夜静

您底跫音乃成为绝响

多熟悉的音符啊

我想起江南夜拥衾独倚的情景

是细诉也该休歇

是哭泣也该停止

明天还有明天的旅程

切莫在一夜间把您底眼泪流尽

1963.6.16

率笔 四行[①]

一切都去了,于是

一切都来了。

于是,我深深深深的战栗于

我赤裸的豪富!

[①] 此首抄自手稿,署"二〇〇九年九月二十九日"。——编者注

浣溪纱 二首

千树桃花寂寞开,春风还拂旧池台,多情应自悔重来。　　甘旨入唇成腐鼠,繁华过眼等空埃,仰天一啸泪盈腮。

泥土为花花作泥,鸟飞如睡睡如飞,漫劳指点说东西。　　昔我未生人已老,而今顾盼出虹霓,不知何处着须眉。

附：

周梦蝶年表简编

1921年　2月6日（农历腊月二十九）出生于河南省淅川县马蹬镇。身份证上记载的出生日期为1920年12月30日。本名周起述。生前四个月，父亲因病去世，是为"遗腹子"。没有哥哥，只有两个姊姊。由寡母抚养成人。

1923年　由大姑母做媒，与一苗姓女子订婚。

1931年　依大舅父龚龙光受《三字经》及《龙文鞭影》。

1932—1936年　四书及《诗经》皆能朗朗成诵，且曾逐句圈点朱注。塾师为二族兄周诚斋。

1937年　奉母命，与苗姓女子结成秦晋之好。婚后生下二男一女，均留在原籍。

1939年　考入河南省立开封第一小学三年级下学期，读了一个学期，即跳级入六年级下学期。小学只读一年，以第二名的优异成绩毕业。小学六年级，尝试第一首新诗——《春》，共四节十六行，第一节是："谁也没有看见过春，／我也是一样的。但，当蝴蝶在花丛中飞舞的时候／我知道，春来了！"

1940年　以第二十四名考入河南省立安阳初中（因抗战，校址迁至内乡县赤眉城二郎庙）。

1942年　初中二年级，尝试第一首旧诗"五绝"——《感遇》："独步山阴下，／蒙蒙晓雾深。／河落光难掩，／望断月中人。"

1944年　安阳初中毕业（其间，曾休学为本校图书管理员一年），复以二十四名考入河南省立开封师范。校址：镇平县石佛寺。不二年，日本无条件投降，学校迁回原址。周公以家贫亲老未忍远行，于内乡县立一小任教。

1946年　经其师介绍，于某私立中学教国文一年。

1947年　经宛西十三县总司令陈舜德函介，插班宛西乡村师范二下就读。不幸最后一学期读未及一旬而桑梓变色，学业因此中断，也从此开始萍踪浪迹的一生。

1948年　7月，风闻汉口设有中原临时中学（附大学部），专为收容河南流亡学生，一切由国家供给。乃禀知母亲，唯携一竹杖、夹衣二件、朱光潜《文艺心理学》、冒辟疆《影梅庵忆语》及蝇头小楷日记一册，匆匆上路。12日后抵汉口，乃知所谓中原临时中学者，仅学生一二百名，由社会贤达、慈善家日施薄粥二餐，仅免于辗转沟壑而已。露宿街头三日后，自念：归家则非其所愿；不归又人地生疏，无以自存。乃渡江入武昌黄鹤楼，投考青年军二〇六师补充团。是冬，自武汉搭乘"江平号"至南京，当晚又搭"沪杭甬"火车至上海，于虹口菜市场打地铺二十多天。12月2日离开上海，4日于基隆登陆，又次日即编入凤山二〇六师工兵营第三连。

"梦蝶"赴台之前是别号，之后是本名。

1949年　因水土不服，频频"打摆子"（疟疾），几濒于危。

1950年　于凤山图书馆借得朱生豪译莎翁悲剧（像《哈姆雷

特》等）读之，寝馈其中，几于忘味。

1952年　8月20日，处女作《一得之愚》发表。

1954年　3月，蓝星诗社于台北成立，发起人为覃子豪、锺鼎文、余光中、夏菁、邓禹平、蓉子等。其后，周梦蝶等人先后加入。10月，作品陆续于《创世纪》诗刊发表。

1955年　7月，因"病弱不堪任劳"，于屏东衔命退役；12月底于左营正式解甲（从上等兵升到中士）。拿了450元退役金来到台北，入罗雨田主持之"四维书屋"为店员。两年后，罗氏负债入狱，书屋由店员汤、陈二君及周公分租。二君各有售书摊位，周公则忽此忽彼，流徙无定。

1956年　11月23日，于《蓝星周刊》（第125期）发表作品，正式加入"蓝星"。

1958年　认识余光中及夏菁、覃子豪、吴望尧等诗友，广泛接触西洋文学，多方认识外国新诗流派与技巧。

1959年　4月1日取得营业许可证（周公称这天是他的独立纪念日），在武昌街一段七号"明星"咖啡屋骑楼下，专售现代文学、现代诗及佛学等书籍。同日，第一本诗集《孤独国》（蓝星诗社发行）自费出版。开始"明星之约"；从此，"孤独国国父"（郑愁予戏称）之名不胫而走。

1960年　作品大量于《蓝星诗刊》、《文学杂志》（夏济安编）、《文星·地平线诗选》等发表。兹后，周公识人渐多，写读愈勤。据周公自称：可以为师者如余光中，如夏菁，如纪弦、痖弦、商禽等；介于师友之间者，则熠熠然如繁星丽天，指不胜屈。

1963年　1月11日，一篇题为《市井大隐·檐下诗僧》的报道文章，道尽周公宛如苦修头陀般的清苦生活。

1965年　7月，出版第二本诗集《还魂草》。叶嘉莹作序。

1966年　初读南怀瑾《禅海蠡测》而知有佛法有禅。3月29日，"现代诗展"于台北西门町圆环展出，周公以《天窗》一诗参展。

1967年　于善导寺听印顺长老讲《金刚经》既毕，即受请，为说三皈依，法名普化。6月12日，获颁台湾文艺协会新诗特别奖。

1969年　6月15日，笠诗社举行创刊五周年纪念暨第一届诗奖颁奖典礼，周公以《还魂草》荣获创作奖。

1970年　读《大智度论》两遍毕，耗时两年又九十日。4月1日起，推出"闷葫芦居尺牍"专栏。

1971年　圈点《指月录》（凡三十二卷）。

1973年　11月10日，台湾历史博物馆举办"现代诗画联展"，周公应邀参展。继续圈点工作。至1977年止，共圈点《高僧传》《玄奘法师传》《维摩精舍丛书》《天主实义》等。

1978年　《还魂草》英译本（*The Grass of Returning Souls*）在美国出版，高信生译。《还魂草》再版（附《孤独国》二十二首），周弃子作序。1月18日起，推出《风耳楼小牍》专栏。11月18日，出席"诗歌之间讨论会"，畅谈诗与音乐之关系。

1979年　三读张澄基译《弥勒日巴尊者传》。

1980年　美国记者赴台专访周公，撰文题《峨眉街上的先知》（*Oracleon Amoy Street*），刊登于 *Orientations* 杂志9月号。5月3日因胃溃疡、十二指肠梗阻等多种病患，进行了一次重大的开刀手术，胃割去四分之三，体重由四十公斤减为三十七公斤。二十一年之书摊生活遂不得不告一结束；而所谓"台北一景"亦不可复睹矣。

1981年　迁隐内湖，与翻译家徐进夫居士夫妇共住。遵医嘱：少量多餐，每日早晚静坐一小时。

1982年　读永明延寿禅师著一百卷《宗镜录》一过。

1983年　由内湖迁外双溪。每日上午写毛笔字，下午圈点《绿野仙踪》《聊斋志异》《八指头陀诗集》及《苍虬阁诗集》，三年后毕工，大病一场，几于不治。

1986年　7月21日，由外双溪迁永和。居处右近长巷内有MTV二家，二十四小时营业，失眠之夜周公时往兀坐消磨，计三百六十日内所观影带不下五十余卷。犹记第一卷为《释迦》，末后二卷为《绿光》和《蝴蝶春梦》。

1987年　于建国北路慧炬出版社听叶曼居士讲《不思议解脱经》。5月1日，参加"书房外的天空——作家艺展"。7月21日，由永和迁新店。

1988年　由新店迁淡水外竿。作品选入《诗刊》第四期刊出的"台湾诗选"。

1990年　1月6日，荣获台湾年度文学成就特别奖，余光中颁奖。奖金十万元，于得奖之又次日全数捐出。同日，余光中撰《一块彩石就能补天吗？——周梦蝶诗境初窥》一文发表。

1991年　作自寿诗《花，总得开一次》，凡七十行，答赠夏宇。"孤独国"由"明星咖啡屋"转至长沙街二段四十一号"百福奶品"。每周三下午6至9时，周公必翩然莅止，风雨无阻。有人来访，无分生熟长幼，或答或问，娓娓不倦；无则端坐读书而已。

1993年　由淡水外竿迁至红毛城附近一小楼中。楼小不及三坪，然房租低廉（半年一万六），景色宜人。

1994年　11月21日，于台北诚品书店接受专访，从对《红楼梦》的喜好畅谈至个人的创作历程，兼及诗情、诗观和读诗赏诗之方法。

1995年　自端午迄于小雪，日唯以临池为事。百二十日内，计得二十二纸。

1996年　每日趺坐读书或写书法。新岁首日，手书能仁如来诫子罗云尊者诗偈二十八字自勉。偈曰："十方三世诸众生，一时皆证清净理；奈何退屈而自轻，彼既丈夫我亦尔！"

1997年　荣获第一届台湾文化艺术基金会文艺奖文学类奖

章，并获聘为台湾中山大学驻校作家（周公应允以一周为限）。第一次回大陆探亲（5月4日至6月29日），为大儿子荣西送终。

1998年　7月14日，迁居新店五峰山下。9月，刘永毅著《周梦蝶：诗坛苦行僧》出版。

1999年　《孤独国》膺选为"台湾文学经典"。荣获台湾诗歌艺术学会第四届诗歌艺术贡献奖。

2000年　新世纪伊始，宣布停止创作一年。2月2日，持续近十年的"百福之约"画下句点。自此，周公行止不定。4月，《周梦蝶世纪诗选》出版。

2001年　1月2日至2月25日，连载《梦蝶谈红楼：不负如来不负卿》。力行"四早四不"主义：早睡、早起、早出、早归；不久读、不苦学、不高谈及豪饮也。

2002年　7月，诗集《十三朵白菊花》《约会》同时问世。7月，周梦蝶等著《我是怎样学起佛来》出版。10月26日，参与"台北诗歌节"活动，登台朗诵代表作。12月，诗集《十三朵白菊花》获第十一届联合报读书人年度最佳书奖。

2005年　9月，《不负如来不负卿——〈石头记〉百二十回初探》出版。全书以先生手书蝇头小楷与打字稿对照并置，十分珍贵。

2008年 12月，曾进丰编选《台湾诗人选集六·周梦蝶集》出版。

2009年 12月，曾进丰编《周梦蝶诗文集》五种三册（包括诗集《孤独国》《还魂草》《有一种鸟或人》《风耳楼逸稿》及尺牍集《风耳楼坠简》），连同《别录》（周梦蝶先生年表暨作品、研究资料索引）一册，印刻出版。12月20日，台湾明道大学、香港中文大学、武汉大学、徐州师范大学联合举办"周梦蝶与二十世纪华文文学两岸三地学术研讨会"，地点：明道大学。

2010年 1月15日，因心脏衰竭住进新店慈济医院，是月26日康复出院。3月，纪录片《化城再来人》开始拍摄，次年4月完成。11月，诗选集《刹那》由北京海豚出版社出版。（诗集为繁体字版，也是周公诗作首次在大陆出版。）12月，黎活仁、萧萧、罗文玲主编《雪中取火且铸火为雪——周梦蝶新诗论评集》出版。

2011年　4月6日，应邀出席"他们在岛屿写作 —— 文学大师系列电影Ⅰ"联合发表会。系列Ⅰ拍摄林海音、余光中、郑愁予、杨牧、王文兴及周梦蝶等六位。4月21日，应邀出席"他们在岛屿写作 —— 文学大师系列电影：化城再来人"首映会。

2012年　3月，曾进丰编选《台湾现当代作家研究资料汇编18·周梦蝶》出版。

2013年　3月23—24日，台湾大学、台湾中央大学、高雄师范大学联合举办"观照与低回：周梦蝶手稿、创作、宗教与艺术国际学术研讨会暨文物展"。11月，萧萧著《我梦周公 周公梦蝶》出版。

2014年　4月1日，周公因感冒引发肺炎，送至新店慈济医院急救。5月1日，下午2时48分病逝于新店慈济医院。5月13日，台湾文化部门举办告别式。火化后，骨灰安厝新北市树林区净律寺。12月，洪淑苓主编《观照与低回：周梦蝶手稿、创作、宗教与艺术国际学术研讨会论文集》出版。